KB058226

마지막으로 하고 싶은 말 있나요

마지막으로 하고 싶은 말 있나요

면접장에서 만난 너에게

시드니 에세이

SIGONGSA

세상에 하나뿐인 너와

사랑하는 유일에게

무지갯빛처럼 다양한 색을 가진

사람이 되길.

그리고 누군가에게

'무지개 같은 순간'을 선물하길.

내가 면접관이라니

기록할 수밖에 없는 한 주였다. 누구나 그런 날이 있지 않은가. 오늘은 꼭 일기를 써야겠다 싶은 날. 잦은 핸드폰 사용으로 쥐는 것조차 어색해진 펜을 찾아 오늘 있었던 상황과 감정을 떠올리며 꾹꾹 적어 내려갔다.

10년 넘게 전 세계와 공항을 활보하는 해외영업인으로 살다가 갑자기 회사의 부름으로 서울 외곽에 있는 시골에 1주일간 갇히게 되었다. 검은 정장을 입은 인사부 사람들은 나를 창문이 없는 방으로 인도했고, 내 이름패가 있는 책상 위에는 큰 모니터가 놓여 있었다. 입사 이래 처음 겪는 상황이라 정신을 못 차리고 있는데 처음 보는 앳된 청년들이 내가 있는 방에 들어온다.

누군가의 인생이 달려 있을 수도 있다는 생각에 초인적인 집중력을 발휘해서 그들의 말을 듣는다. 가능한 한 눈을 마주치고 때론 고개를 같이 끄덕이며 애써 미소를 짓고 있는데 내 집중을 방해하는 사람들이 있다. 바로 양옆에 앉은 사람들. 인사부 사람들이 준 가이드를 지키지 않고 엉뚱한 질문과 행동으로 예측 불가한 상황을 만든다. 뭔가 어지럽고 혼란스러운 마음에 '여긴 어디, 나는 누구'라는 생각만 드는데 모니터 하단에 점멸하는 내 이름이 보인다.

'직무 면접 1조 면접관: 시드니'

그렇다. 나는 면접관 자격으로 이곳에 와 있었다.

면접관은 처음이었다. 인사부 사람들이 준 가이드를 읽으며 이대로만 따라 하면 되겠다 생각했지만 상황은 전혀 가이드대로 흘러가지 않았다. 내 인식 속에서 면접관은 무표정으로 꼿꼿하게 앉아 매서운 눈으로 지원자를 바라보는 근엄한 사람이었다. 하지만 근엄함과는 정확히 대척점에 있는 데다, 심각한 분위기가 되면 웃음이 터지는 나 같은 가벼운 사람이 '면접장'이라는 신성한 곳에서 누군가를 평가해야 했다. 간절함과 절실함으로 가득 찬 지원자들의 얼굴을 마주하니 부담스럽고 괜한 죄책감이 들었다.

　하지만 이 낯선 상황도 점점 익숙해지고 며칠간 면접관을 하다 보니 어떤 사람들이 면접관에게 매력적인지, 또 어떤 사람이 그렇지 못한지 어렴풋이 알 수 있었다. 게다가 충분한 역량을 갖고 있음에도 면접관의 근엄함(?)에 압박을 느껴 실력의 반의반도 표출하지 못하는 안타까운 지원자들이 많았다.

　면접관은 신이 아니다. 게다가 지원자의 합격과 불합격을 면접관 한두 명이 결정짓지 않는다. 면접관도 면접관이 처음이라 낯선 상황이 당황스럽고 때론 의견이 안 맞아 서로 싸우기도 하는 아주 인간적인 사람이다. 보통의 사람들과 다를 바 없으니 자신감 있게 스스로를 펼쳐 보이길 바라며 이 글을 썼다.

●

《마지막으로 하고 싶은 말 있나요》는 총 3부로 구성되어 있다. 1부에서는 생생한 신입 사원 채용 현장을 담았다. 본문에도 나오지만, 면접관 조를 잘못 만나 면접 내내 진땀을 뺐다. 면접관으로 인해 지친 마음은 춘삼월 흐드러지게 피는 꽃처럼 싱그러운 지원자를 보면서 다

스렸다. 육아하면서 우울증이 오기도 하지만 결국 육아의 힘듦을 이겨내는 건 아이의 존재이듯 면접이라는 상황에서 오는 스트레스를 햇살 같은 지원자들을 보면서 이겨내곤 했다. 가끔 심각하게 준비가 안 된 지원자들을 보면서 가슴을 치기도 했지만.

2부에서는 경력 사원 채용에 관한 이야기를 담았다. 점점 신입 공채가 줄어드는 추세인 데다 실제 현직에서 경력 사원 채용이 훨씬 활발하기 때문이다. 경력 사원 채용은 1부에서 다뤘던 신입 사원 채용과 보는 관점이 180도 다르다. 경력 사원을 채용하는 수시 채용은 어떤 관점으로 인재를 선별하고 채용 과정에서 어떤 상황들에 놓이는지 날것의 이야기를 그대로 담았다.

3부에서는 신입이든 경력이든 회사라는 조직에서 성공적으로 안착하는 사람들의 특징을 담았다. 단순하게 보면 회사에서 잘나가는 사람은 '일 잘하는 사람'일 것 같지만 실제 회사에서 성과를 내는 사람들은 '일+∂'가 있는 사람들이다. 3부는 회사마다 업계마다 차이가 클 수 있다고 생각해 현직자들에게 감수를 받았다. 사내 보안 이슈로 실명을 적을 순 없지만 굴지의 기업 현직자들이라는 점은 밝혀두고 싶다.

•

이 책의 첫 번째 독자는 면접을 준비하는 지원자들이다. SNS에서 '면접 합격팁'을 키워드로 검색해보면 여러 정보를 사고파는 사람들이 보인다. 그들이 제공하는 정보 중에 공감이 가는 것도 있었지만 위험할 정도로 틀린 내용이 많았다. 면접 팁을 공개적으로 제공하는 사람들의 경우 면접관을 경험한 사람보다는 인사 컨설팅을 하는 분들이다. 컨설팅은 말 그대로 방향성만 제공한다. 나도 '면접 잘 보는 법'으로 몇 가지 팁만 적어낼 수도 있지만, 구체적인 에피소드와 덧붙여 글을 쓴 이유는 애매모호한 가이드를 듣고 엉뚱한 방향으로 가는 지원자들이 최소화되길 바라기 때문이다.

면접장에서 만나는 지원자들은 간절한 사람들이다. 그들의 영롱한 눈을 한 번이라도 본 사람이라면 일반적인 방법이나 어설픈 팁을 주고 싶지 않아진다. 지원자들이 빨리 취업해서 안정된 삶을 살거나 이직을 성공적으로 이뤄내길 바란다. 이 책을 읽으며 지원자들의 간절한 마음을 이용하는 사람들에게 흔들리지 않길, 면접에 관한 자신만의 계획을 잘 정리해서 면접에서 합격하고 회사 생활까지 영특하게 해나가길 바라는 마음이다.

　두 번째 독자는 바로 면접관이다. 신입 사원 채용이 줄어들면서 면접관들을 모아서 집합 교육하는 트렌드도 없어지는 추세다. 게다가 수시 채용이 활발해지면서 예전 같으면 부장급 이상에서 진행되던 면접이 실무자 레벨로 내려온다. 실무만 하다가 처음 면접관을 하게 되면 당황스럽고 혼란스럽다. 실무자로서 일하는 관점과 사람을 채용하는 면접관의 관점은 천지 차이니까. 처음 면접관을 하는 사람이나 적합한 인재 채용에 계속 실패하는 분들에게 이 글이 길라잡이가 되어주길 바란다.

●

신입 사원 채용에 가 있는 동안 독박 육아를 충실하게 해낸 남편에게 감사 인사를 전한다. 남편은 일이든 가정이든 남성과 여성의 역할에 분리가 없다고 믿는 사람이다. 해외 출장을 다니고 아이를 챙기면서 이 글을 완성할 수 있었던 건 고무장갑과 세제를 손에서 놓질 않는 남편 덕분이다. 대작가가 되어 모든 인세를 사회에 기부하고 싶지만 아직은 소작가이니 모든 인세는 내 세상인 남편에게 기부하고 싶다. 엄마 아빠의 장점만 쏙쏙 골라 태어난, 세상에 하나밖에 없는 우리 아이에게도 사랑의 말을 전한다. 아직 초등학생이지만 언젠가 성인이 되어 조직 생활을 하게 된다면 엄마의 책을 읽으며 마음을 잘 정돈할 수 있길 바란다. 카카오 브런치 북 수상을 누구보다 기뻐해주신 어머님, 며느리 출간 소식을 동네방네 홍보해주신 아버님, 선하고 강한 유전자를 물려주신 아빠, 맨살 비벼가며 자존감 높은 사람으로 키워주신 엄마에게도 감사를 전한다. 평생 친구이자 인생의 동반자인 자매님들과 우리 가족의 파수꾼 역할을 해주는 이정주 기자님에게도 감사 인사를 전한다. 참, 귀여운 조카 화니도 빼놓으면 안 되지.

길고 긴 원고를 참을성 있게 읽어주신 현직자분들께도 감사드리고 싶다. 또 《마지막으로 하고 싶은 말 있나요》의 시작과 끝이 되어주신 든든한 임채혁 편집자님, 정은경 디자이너님, 그리고 항상 나를 응원해주고 지지해주는 친구들과 회사 동료들에게도 감사 인사를 전한다. 결국 글감이 되어주는 주변 사람들 덕분에 책이 완성될 수 있었다. 어디에 글을 써야 할지 몰라 혼란스럽던 초보 글쓴이를 마음껏 놀게 해준 카카오 브런 치북 팀에도 감사드린다.

마지막으로, 내 글을 즐겁게 읽어주신 독자분들께 사랑을 담아 보낸다. 글을 쓰는 것은 창작이지만 진정한 창작은 독자들이 감명받는 순간이라고 생각한다. 내 글이 혹여 좋은 평가를 받는다면 내가 잘 써서라기보다는 뛰어난 감수성과 높은 안목을 갖고 글을 퍼트려준 독자님들 덕이다. 아직 초보 작가라 부족하지만 꾸준히 개선된 모습을 보여드릴 테니 계속 옆에 있어달라고 독자분들께 질척거리고 싶다.

2024년 7월

시드니

Sydney Nam

차례

1부

✳

귀염 뽀짝한 그대들:
신입 사원 채용

상어 면접관

새벽 5시 30분. 설정한 알람보다 10분 먼저 눈이 떠졌다. 좀 더 자야겠다는 생각에 몸을 오른쪽으로 돌리니 새근새근 작은 숨소리가 들린다. 1주일 동안 엄마 없이 생활해야 하는 아이의 숨소리. 짠한 마음에 머리를 살짝 쓰다듬는데 아이가 뒤척인다. 괜히 깨웠다가 출근 못 하게 붙잡을 것 같아 재빨리 몸을 왼쪽으로 돌렸다.

두 바퀴 정도 돌아 침대 끝에 웅크리는데 드렁드렁 숨소리가 들린다. 침대에서 자다가 더워서 바닥으로 내려간 남편이다. 남편은 꼭 같이 침대에서 잠들었다가 아침에는 꼭 찬 바닥에 내려가 있다. 몸에 열이 나서 그렇다고 하는데 묘하게 서운하다. 연애할 때는 그렇게 치대고 귀찮게 하더니 결혼 후 몇 년 좀 지났다고 벌써 내외하는 남편. 그래도 서운함은 잠시, 짠한 마음이 몰려온다.

"1주일간 독박 육아… 괜찮겠니?"

처음 면접관으로 선발되었다는 소식을 들었을 땐 이미 면접관을 안 하는 걸로 결론이 난 상태였다. 신입 사원 채용을 앞둔 인사부에서는 우리 본부 기획부에 1주일 동안 면접관을 할 선임급 직원을 보내달라 요청했고, 기획부에서는 나를 포함한 선임급 세 명을 본부 부장들에게 공유했다. 면접관 명단을 본 부장은 부서 선임을 하고 있는 날 실무에서 빼는 건 불가능하다고 판단했다. 경력 공채는 끽해야 반나절 정도 시간을 빼면 되지만 신입 사원 채용은 1주일 내내 자리를 비워야 하니까. 사실 면접관을 가는 건 경험적으로 좋은 일이지만 지금처럼 중요한 거래처 협상을 앞둔 상황에서 빠지는 건 실무자인 나도 꽤 부담스러웠다. 그래서 그냥 의견을 내지 않고 "시드니는 명단에 있었지만 상황이 여의찮아서 못 가게 되었다"는 부장의 말을 담담히 듣고 있었다.

그런데 최종 면접관 명단을 받은 인사 쪽 임원이

우리 본부장에게 전화한 모양이다. 그쪽 사람을 채용하는 건데 해당 부서 사람을 안 보내면 어떡하냐고. 애초에 내가 가는 줄 알고 있었던 본부장이 부장에게 불호령을 내렸다.

"부장! 사정 알겠는데, 그쪽 부서 선임 보내!"

본부장님 한마디에 옆에 있는 후배에게 빛의 속도로 인수인계하고 급하게 면접관으로 오게 되었다. 새벽 운전을 하고 와서 피곤한 통에 면접관 대기실로 들어갔는데, 이미 사전 교육으로 친해진 면접관들이 옹기종기 모여 있었다. 급하게 참여가 결정된 나는 아는 사람도 없고 어디 앉아야 할지도 몰라서 어색하게 쭈뼛거리고 있었다.

낯선 얼굴들에 좀 당황하긴 했지만 우리 회사가 몇천 명의 직원이 근무하는 대기업이라는 걸 다시 느꼈다. 그래도 이 회사에 10년 넘게 근무했는데 이렇게 모르는 사람이 많다니. 담소를 나누는 면접관들 사이로는 못 들어가고 문 쪽에 앉은 인사부 후배와 잠시 이야기를 나누는데, 면접관 명단을 보고 깜짝 놀랐다. 김도겸, 이승관, 김석순… 헉! 주로 포상 명단에서 많이 봤던, 회사에서 내로라하는 에이스들이다. 안 그래도 어색한데

출중한 선배들과 같은 공간에 있게 되니 긴장감이 확 올라왔다. 마치 연예인을 본 느낌이랄까. 자고로 연예인을 보면 놀라지 않는 게 상대를 위한 예의라고 하는데, 품격 높은 예의를 갖추기엔 난 너무 미숙한 사람이었다. 속속 등장하는 연예인들을 보며 10대 소녀처럼 얼굴을 가리고 눈만 동그랗게 뜨고 있는데 어디선가 내 이름을 부르는 소리가 들렸다. 깜짝 놀라 고개를 드니 어디서 많이 본 익숙한 얼굴이 보였다. 바로 입사 동기! 달아오르던 긴장감은 아는 얼굴을 보고 나서야 조금 사라졌다. 가방을 얼른 동기 자리 옆에 두고 소곤소곤 대화했다.

"여기 유명인들이 많네. 저분 김도겸 과장님 맞지? 제조본부 전설이잖아."

"김석순 과장도 있어. 국세청이랑 일하면서 세금 몇십억 환급받은 분. 재무 쪽 레전드잖아."

"근데… 난 여기 왜 있는 거지? 난 에이스가 전혀 아닌데."

"너? 너 부른 이유는 명확하지."

"뭔데?"

"압박 면접 하라고."

어이없는 웃음이 터졌지만 부정할 순 없었다. 내가 우리 본부 대표 면접관이란 소식이 퍼졌을 때 선후배들 반응은 하나였다.

'지원자들 어떡하냐. 시드니가 상어처럼 물어뜯을 텐데.'

'살살해. 지원자들 도망갈라.'

평소 업무 하는 성향상 논리가 부족하거나 '그거' '저거' 등 대명사를 사용하는 경우 근거와 구체적인 예시를 캐묻는 편이다. 말하는 태도는 부드러울 수 있지만 요구하는 내용은 디테일한 편이라 어려워하는 사람들이 많은 건 사실. 하지만 그건 실무 할 때고 신입 사원을 채용하는 데 새싹 같은 그들을 물어뜯을 이유는 없었다. 그저 자신만의 생각이 있는지, 근거는 명확한지 확인만 하고 싶을 뿐이었다.

주변 면접관들을 둘러보니 다들 인상이 포근하고 좋으셨다. 사실 우리 회사 면접 후기를 보면 "전형을 진행하는 동안 다들 너무 잘해주셔서 이 회사에 꼭 들어가고 싶다"는 후기가 많았다. 1차 산업부터 4차 산업 전반을 아우르는 데다 풀 밸류체인full value chain(한 산업의 가치 사슬에 있어 A부터 Z까지 전부를 아우르는 산업 구조)을 가진 기업이다 보니 탁월하고 대단한 사람들보다는 소통 능력이 뛰어난 사람들이 많다. 그래서 팩트로 사람들을 후려 패는 게 일상인 나 같은 사람이 회사 대표 면접관이 되는 건 부담스러웠다. 게다가 경력 채용은 해 봤어도 신입 채용은 처음이었다. 괜히 평소 업무 하듯 깊이 캐물었다가 채용 사이트에 악플(?)이 올라와서 회사 명성에 저해가 되진 않을지 걱정하고 있었는데, 내 모든 걱정이 기우라는 걸 깨달았다.

바로 눈앞에 그가 있었기 때문.

면접관이라고 다 정상은 아니다 1

지성 집단에 속해 있으면 나도 지성인이라는 뜻이다. 반대로 주변에 또라이가 많다면 나도 그럴 확률이 높다. 에이스가 많은 면접관들과 있으니 나도 에이스가 된 기분이었다. 요즘 업무를 하면서 자존감이 바닥을 치고 있었는데 아주 조금 회복되는 기분. 하지만 그 기분은 오래가지 않았다. 곧 저잣거리 주막에서나 들릴 법한 부랑자의 목소리가 들렸기 때문이다.

"아이고, 안녕하십니까~~."

우렁찬 혀 꼬인 소리가 들려 고개를 돌리니 반가운 낯섦이 아닌 불편한 익숙함이 느껴진다. 사무실 아래층에 근무하는 돈과장이다. 돈과장은 나보다 선배인데 업무 외의 모든 것에 관심이 많은 것으로 유명한 인물이다. 외향적인 편이라 두루두루 친하게 지내지만 특정 인물들 앞에서는 내향인 척을 하는 나. 일단 숨자는 생각으로 몸을 바싹 웅크렸다. 설마 나랑 같은 조는 아니겠지. 아닐 거야. 한쪽 손가락으로 관자놀이를 짚는데 돈과장이 내 옆으로 바짝 다가온다.

"시드니 님, 우리 같은 조예요. 잘해봐요~~."

돈과장은 펄럭이는 종이를 내 눈앞에 갖다 대며 면접관 타임 테이블을 보여준다. 다양한 면접 모듈 가운데 나는 직무 면접에 배정되어 있었고 모듈 이름 옆에 절망적인 라인 업이 보였다.

직무 면접 1조: 시드니, 돈과장, 곰과장

월드컵 죽음의 조에 배정되어본 선수만이 내 심정을 이해할 수 있을 것 같았다. 돈과장은 쉬지 않고 말하는 데다 잘 받아주지 않으면 토라지는 성향인데, 멀티 플레이가 잘되지 않고 무심한 편인 내가 면접관을 하면서 그를 잘 받아줄 수 있을지 걱정되었다. 일단 1주일 내내 귀에서 피가 나는 건 확정이었다. 한 가지 위로가 되는 건 곰과장의 존재였다. 곰과장은 연구소에서 온 조용한 연구원인데 점잖고 둥글둥글한 성격의 소유자라 비교적 안심이 되었다. '그래, 곰과장을 의지하면서 이분과 시간을 잘 버텨봐야지' 하고 마음을 다잡는데 옆에 앉아 있던 동기와 눈이 마주쳤다. 이런 상황에서 눈빛으로 마음 읽는 건 너무 쉬웠다.

'너 망했구나.'

'응, 나 망함.'

활발하고 유쾌한 돈과장은 면접관 대기실 여기저기 돌아다니며 온갖 사람들에게 인사를 돌린다.

"오우, 김과장님 안녕하세요~. 저는 어제 점심부터 와 있었습니다. 김과장님 만날 생각에 너무 떨리는 거예요~. 여기 텔레비전에 SBS랑 KBS도 나와요. 너무 신날 거 같아!! 우리 저녁에는 소주 먹어야 하는 거 알죠? 하하하핫"

관자놀이에 집중되던 두통이 점점 정수리 쪽으로 퍼지고 있었다. 극도에 스트레스를 받으면 한 번씩 편두통이 오는데 딱 그 느낌이었다. 돈과장으로 인한 고통도 잠시, 지원자들이 인재개발원으로 도착하고 있어서 재빨리 면접을 진행하는 강의실로 올라갔다. 우리에게 할당된 강의실에 들어가니 노트북 세 대가 세팅되어 있었고 디지털시계와 벨이 놓여 있었다. 디지털시계는 스톱워치로 시간을 재는 용도였고 벨은 강의장 안팎을 연결하는 역할을 했다. 외부 상황을 모르는 면접관들이 벨을 누르면 밖에서 스태프들이 지원자를 들여보내준다. 생각보다 아날로그 감성 넘치는 면접 시스템에 옛날 추억에 잠겨 있는데 갑자기 돈과장이 벨을 들고 뛰쳐나가더니 밖에 서 있는 스태프들에게 외친다.

"여기, 소주 두 병이요!"

하… 큰일이다. 나보다는 일단 이분을 만날 지원자들이 걱정되었다. 일단 난 평소 할 말을 하는 편이니 내가 돈과장을 막아야겠다는 생각이 들었다. 귓속에 든 물을 빼듯 고개를 흔들고 모니터에 보이는 지원자들 정보를 확인했다. 블라인드 면접이라 신상이나 출신 학교 등은 파악할 수 없었다. 이름 대신 보이는 지원자 코드와 자기소개서는 읽어볼 수 있었다. 요즘 자기소개서를 대신 써주는 업체도 있다고 해서 그런지 우리 때와 달리 자기소개서에 실수가 있는 사람은 거의 없어 보였다.

내가 맡은 건 직무 면접이었다. 해당 직무에 관한

방대한 정보를 주면 30분 안에 정보를 해석한 후 주장-논리-결론을 만들어내야 한다. 직무 면접이 낯선 면접관이 있을 수 있으니 친절하게 인사부에서 가이드와 예상 질문도 줬다. 주로 정보 해석력, 분석력, 논리력, 표현력을 평가하면 된다. 한 명의 면접관이 질문을 독점하는 경우를 막기 위해 세 명이 역할을 나눠야 한다. 인사하는 사람, 전문가처럼 질문하는 사람, 클로징 멘트를 하는 사람. 개인적으로는 인사하는 사람을 해야겠다는 생각이 들었다. 어차피 돈과장이 나서서 지원자를 당황시킬 테니 인사와 클로징이라도 마음을 편하게 해주겠다는 생각에.

그런데 돈과장이 내게 전문가를 하라고 권유한다. 내가 사업 부서 업무를 많이 해봤으니 전문 인터뷰를 잘하지 않겠냐고. 지원자를 편하게 해주는 인사 파트를 맡고 싶다고 의견을 피력했으나 기어코 자기가 인사를 하겠다고 한다. 자기가 괜히 전문가 역할을 했다가 취업 사이트에 욕이 올라올 것 같다고 두렵다는 게 이유였다. 오늘 돈과장이 한 말 중에 가장 공감 가는 말이라 알겠다고 하고 내가 전문가를 맡았다. 사실 뭘 해도 상관없었다. 뭘 하든 가이드대로 하면 되는 거 아닌

가. 전문가 역할을 맡은 면접관의 가이드를 찬찬히 봤다. 지원자들이 발표하고 첫 번째 질문을 하기 때문에 가벼운 질문부터 해야 한다.

'파악하신 정보에 관해 다시 한 번 말씀해주세요' 또는 '지금 주어진 정보에서 가장 이슈라고 생각한 부분은 어떤 건가요?'

왼쪽에 돈과장, 오른쪽에 곰과장, 가운데 내가 앉아 면접을 시작했다. 클로징을 맡은 곰과장은 이미 지원자랑 동기화가 되어서 벌벌 떨고 있다.

"시드니, 나 왜 이렇게 떨리지? 내가 시험 보는 것도 아닌데."

"선배님은 제가 손짓 보내면 '면접하느라 고생하셨습니다. 마지막으로 하시고 싶은 말씀 해보세요' 이것만 하세요. 걱정하지 마세요."

이렇게 말하며 곰과장을 안심시켰다. 사실 나도 면접관이 처음이라 긴장되는데 왜 내가 두 선배들을 안심시키고 있는지 반대가 되어야 하는 게 아닌지 하는 생각이 잠깐 들긴 했다.

드디어 면접이 시작되고 첫 번째 지원자가 들어왔다. 직무 면접 기출문제는 보안상 자세히 설명하긴 어렵지만, 핵심 내용은 A라는 회사가 직면한 이슈를 해결하기 위해 인하우스를 해야 하나(업체가 회사 안에 들어와서 프로젝트 진행), 100퍼센트 외주를 써야 하나, 아니면 자체적으로 해결해야 하나를 선택하는 문제였다. 자료가 상당히 방대해서 지원자들이 당황스러울 순 있지만 주어진 정보를 갖고 논리만 잘 짜면 어려운 문제는 아니었다.

첫 번째 지원자의 발표를 듣고 내가 질문을 했다.

"발표 잘 들었습니다. 말씀해주신 결론이 인하우스 맞죠? 그렇게 선택하신 가장 큰 이유 한 가지만 말씀해주세요."

내 질문에 지원자가 자기가 했던 발표를 요약해서 다시 정리한다. 세 가지 안 중에 인하우스가 비용이 가장 적게 들고 기간도 짧았다. 다만 내재화 지수가 낮고 내부 인력이 많이 붙어야 하는 단점이 있었다. 이런 상황에서 다음 질문은 '그렇다면 선택한 안의 단점은 무엇이고 그럼에도 해당 안을 선택한 이유는 뭘까요?'가 자연스러운 흐름이다. 하지만 두 번째 질문을 맡은 돈과장은 바로 신경질적인 목소리로 지원자에게 따져 물었다.

"인하우스가 비용이 싸고 기간이 적게 들긴 하는데, 결국 인하우스로 운영하다 보면 기간이 길어지고 돈도 많이 들 텐데요? 이를 해결하기 위해 뭘 해결해야 해요?"

지원자의 얼굴이 사색이 된다. 사전에 제시된 정보에 없는 내용이다. 심지어 저런 질문에는 나도 답하지 못한다. 그리고 이미 인하우스가 비용이 적게 든다는 게 정량적으로 제시된 상태인데 저런 질문을 하다니. 지원자가 스무스하게 자기 생각을 말해 넘겼다. 나도 가슴을 쓸어내리는데 다시 돈과장이 급발진한다. 인하우스를 했다가 안 좋았던 경험이 있는지 구구절절 말하며 자신의 주장을 관철하려 한다. 거기에 말린 지원자는 얼굴이 홍당무가 된다.

울상이 된 지원자를 그냥 보기 어려워서 돈과장의 말을 가로채 화제를 전환했다. 겨우겨우 첫 면접을 마치고 가슴을 쓸어내렸다. 생각보다 면접관은 쉬운 게 아니구나. 그나저나 돈과장을 보니 묘하게 토라져 있는 것 같았다. 내가 중간에 말을 가로챈 것 때문에 그런가 싶어 지원자가 퇴장한 후에 "이번 친구 어땠어요?"라고 돈과장에게 말을 걸었다. 울상에서 갑자기 웃상이 된 돈과장은 너털웃음을 지으며 방금 전 친구가 아주 마음에 든다고 한다. 돈과장 본인이 경영학과를 나왔는데 경영대 학회장을 했던 친구라 처음부터 마음에 들었다고. 아, 마음에 들어서 그렇게 꼬치꼬치 캐물었구나. 그나마 다행이라고 생각했다. 하지만 지원자보다 면접관이 더 말을 많이 하는 건 문제 아닌가? 면접이 다 끝난 후에 인사부 직원에게 문의해놓으려고 메모를 해놨다.

오전 면접을 마치고 잠시 주어진 휴식 시간. 내 점수가 틀린 게 없는지 집중해서 점수판을 리뷰하고 있는데 돈과장이 말을 건다.

"시드니 님, 세상에는 세 가지 성별이 있는 거 알아요?"

"네? 그게 뭔데요."

"남자, 여자, 경영학과 여자. 하하하하하."

내가 아는 경영학과 여자들만 해도 한 트럭인데 무슨 소리인지 모르겠다. 경영학과 여자들이 여성스럽지 못하고 드세다는 맥락으로 한 말인 것 같긴 한데, 내가 아는 경영학과 출신 여성분들 중에 차분하고 다소곳한 분들도 많다. 그가 하는 말은 공감이 안 되는 말과 도저히 이해가 안 되는 말들투성이였는데 지원자들에게도 똑같은 태도를 유지했다. 지원자들의 얼굴이 홍당무가 되든 말든 당황하든 말든 돈과장은 아랑곳하지 않고 계속 공격적인 태도로 지원자를 대했다. 중간에 그를 제지할까 했지만 앞선 지원자들과 형평성이 떨어질 것 같아 안타깝지만 일단 내버려뒀다.

지원자들은 기억해야 한다. 우리 회사든 어디든 공격적인 태도로 압박하는 면접관을 만날 수 있다. 그런 상황에서는 누구나 머릿속이 백지로 변하고 사고가 정지된다. 이럴 땐 일단 흥분한 면접관에게 휘말리지 않고 차분해지려 노력해야 한다. 눈치 빠른 지원자라면 면접관이 일반적인 사람이 아니라는 판단이 들 수 있다. 그렇다면 재빨리 수긍하는 걸 추천한다. 면접관은 답안지를 보면서 지원자를 평가한다. 문제에 관한 정보는 압도적으로 우위에 있다. 정보를 갖고 몰아세우는 경우를 만나면 일단 "죄송하지만 그 부분까지는 고려하지 못했습니다"라고 하자. 어떤 사람이든 일단 '죄송하다'는 말에는 흥분을 멈출 확률이 높다.

기억해야 한다. 면접관이 모두 정상적일 수 없다. 우리가 사회에서 또라이를 만나듯 면접장에서도 그럴 수 있다.

- "그 말씀도 맞다고 생각합니다. 다만 제가 중점적으로 본 것은~."

- "제가 그 부분은 미처 파악하지 못했습니다. 죄송합니다."

어머님이 누구니

면접관을 하면 각양각색의 지원자들 때문에 힘들 줄 알았다. 질문을 잘 이해하지 못하는 사람, 표정이 어색한 사람, 준비가 덜 된 사람 등. 하지만 정작 면접 기간 동안 나를 찌들게 하는 건 면접관들이었다. 회사에 맞는 인재상을 숙지하고 그들을 뽑아야 하는데 자신들의 기준에 맞춰서 지원자들에게 잣대를 대는 면접관들에게 지쳐가는 시간이었다.

　오히려 싱그러운 지원자들이 쓰린 마음을 달래줬다. 남산 둘레길을 감싸는 단풍처럼 다채롭고 높은 천정을 타고 내려오는 넝쿨처럼 넘실대는 지원자들. 이날을 위해 얼마나 치열하게 살아왔을지 지원자들의 말투,

손짓, 행동 하나하나에서 그들의 시간이 느껴졌다. 어디를 가든 사랑만 받아야 할 것 같은 사람들. 그런 지원자들을 보면서 마음이 따뜻해지다가도 한편으론 안쓰럽기도 했다. 감히 내가 이들을 평가할 자격이 있는가 하는 생각도 들어 잠깐 괴롭기도 했다.

면접 전체를 진행하면서 가장 기억에 남는 사람은 메마른 나 자신을 울컥하게 만든 지원자다. 주어진 과제에 관한 발표는 잘했지만, 후속으로 이뤄지는 질의응답에서 동문서답을 해서 점수가 깎인 지원자였는데 본인도 면접을 진행하면서 직감으로 안 듯했다. 면접이 잘 진행되지 못했다는 걸. 질의응답을 마치고 곰과장이 마지막으로 하고 싶은 말이 있으면 해보라는 공통 질문을 던졌다. 잠시 안경을 매만지며 뜸 들이던 그는 힘겹게 입을 열었다.

사실, 열심히 해보려고 했는데 너무 떨려서 잘 말씀을 못드린 것 같아 아쉬운 마음이 남습니다. 부족한 발표였는데 면접관분들께서 눈 마주쳐주시고 발표를 경청해주셔서 힘이 났습니다. 입사하게 된다면 오늘 부족했던 점을 보완해서 꼭 개선된 모습 보여드리겠습니다. 감사합니다.

살면서 감동받은 여러 순간이 있었지만 이 순간도 포함시켜야 할 것 같았다. "눈을 마주치고 경청해준 것"만으로 감사하다고 표현하는 사람이라니. 살면서 저런 말을 단 한 번이라도 해본 적이 있나 싶었다. 앞에 앉아 있는 면접관이 사장이나 군주도 아니고 사실 입사하고 나서 보면 그렇게 높은 사람들도 아닌 실무자일 뿐인데, 그걸 모른다고 해도 저런 표현을 한다는 건 겸손함은 갖췄다는 생각이 들었다. 자신감을 넘어서 '나 잘났다'를 온몸으로 발산하는 지원자도 있었는데, 그런 사람들과 대조되면서 기회를 한 번 더 줘야겠다는 생각이 들었다.

점수표와 기준점수가 있어서 정량적 점수는 잘 주진 못했지만 다음 면접관에게 코멘트를 달았다.

'질의응답에서는 다소 아쉽지만 애티튜드가 좋음. 자사 신입으로 자질이 있는지 한 번 더 봐주셨으면 좋겠음.'

블라인드 코드로 지원자가 분류되어 있어서 저 지원자가 통과했는지는 알 수 없다. 다만 그 순간만큼은 지원자에게 감동을 받았고 점수에 영향을 미쳤다는 걸 말해두고 싶다.

물론 다들 꽃처럼 아름답기만 했던 건 아니었다. 어떤 지원자는 서류와 인적성 테스트를 통과해서 올라왔다는 걸 믿기 어려울 정도로 준비되어 있지 않았다. 발표하다가 혼자 (길게) 상념에 빠지거나 진지하게 듣는 면접관 앞에서 장난치듯 실실대는 사람들이 있었다. 이런 지원자들에겐 모두 최하점을 줬다. 하지만 대체로는 가족과 사회가 정성을 들여 가꾼 열매 같았다. 만약 우리 회사에서 만나지 못하더라도 어디에서든 주변을 풍성하게 해줄 사람들이다.

떨어져서 상처받을 지원자들이 눈에 아른거린다. 나도 최종 면접에서 떨어져서 한 달 동안 식음을 전폐한 적이 있다. 돌아보면 입사 전형은 뛰어나거나 잘난 사람을 뽑는 게 아니라 채용 공고를 낸 회사의 인재상과 부합하는 사람을 찾는 게 목적이다. 만약 탈락하더라도 자신과 맞는 곳을 찾아가는 과정이라고 이해하면 될 것 같다.

TIP ☀ 들어서 기분 좋았던 말

- "점심시간이라 시장하실 텐데 제 발표를 들어주셔서 감사합니다."
- "부족한 발표인데 눈 마주치고 들어주셔서 감사합니다."
- "면접 진행하시느라 고생이 많으십니다."

진짜 학벌 안 보나요

요즘 대부분 회사에서는 블라인드 면접을 하는 것으로
알고 있다. 서류 전형부터 최종 면접까지 평가자에게
학교를 공개하지 않는다. 사실 면접관으로 참여할 때
지원자들의 대학이 궁금하긴 했다. 나 때는 온갖 대학
에서 다 우리 회사에 지원했는데, 요즘은 스펙이 상향
평준화되었다는 이야기를 들어서였다. 그 외 이유는 없
었다.

그런데 막상 면접관을 하게 되니 학교에 관한 궁
금증이 싹 사라졌다. 그저 주어진 미션을 충실하게 논
리적으로 수행했는지만 보였다. 회사에서 제시한 정보
를 가지고 짧은 시간 안에 해석을 하고, 약속된 시간에 맞춰서 발표를 수행하는지만 평가했다. 10분 남짓한 시간이었지만 그 사람의 인생이 어렴풋이 보였다. SKY를 나왔든 지방대를 나왔든 중요치 않다. 이 사람이 내 옆자리에 앉아서 같이 프로젝트를 했을 때 내게 어떤 영향을 미칠 것인가, 그것만 봤다.

　　인사부에서 참고용으로 학과와 자기소개서를 제공해준다. 사실 그것만 봐도 대충 어느 대학을 나왔는지 추측할 수 있다. '글로벌경영학과'나 '국제세무학과' '소비자학과'를 쓴 지원자가 있다면 바로 대학이 특정된다. 대략 추정이 된 상태로 지원자들의 발표를 들었는데 결과적으로 점수에 큰 영향을 미치진 못했다. 면접관의 경우 10~15년 정도 회사 생활을 한 사람들이 대부분인데 학벌과 업무 역량의 상관관계에 관해 크게 신뢰하지 않는 편이니까. 학벌보다는 주어진 프로젝트의 목적을 이해하는 능력과 타인의 생각을 대하는 태도가 훨씬 중요하다. '수능 만점자랑 일할래? 아니면 프로젝트 N개를 잘 수행한 사람이랑 일할래?' 누군가 묻는다면 대부분 현직자들은 후자를 택할 거다. 물론 지원자 중 비등비등한 평가를 받은 사람이라면 최종 면접에서 학벌이 더 좋은 사람을 채용할 수도 있다. 하지만 그런 상황은 거의 일어나지 않는다.

수학 일타강사로 유명한 현우진도 비슷한 맥락의 말을 한 적이 있다. 학벌이 여전히 중요한 건 맞지만 중요도가 과거만큼 절대적이지 않다는 거다.

위험한 말이지만 여러분들이 대학을 가고 직장을 갈 때는 학벌이라는 게 크게 중요하지 않을 수 있습니다. 실제로 지금도 서울대, 연세대, 고려대의 경계가 약간 붕괴되고 있죠? 예전에는 서울대와 연·고대 경계선이 확실했는데 지금은 과거처럼 분명하진 않습니다. 그건 '학벌'보다 '능력'이 더 중요하단 것에 관한 반증인 거예요. 그 능력은 제가 보기에는 사고력인 것 같습니다.

직장 생활을 해보니 학벌이 보증하는 건 하나다. 성실함. 물론 성실함은 성공의 중요한 지표다. 다만 요즘처럼 한 치 앞도 예상 안 되는 세상에서는 성실함만으로 주어진 문제를 해결할 수 없다. 다양한 관점과 경험을 기반으로 해서 창의적인 해결책을 제시하는 사람들이 눈에 띄는 세상이다.

그리고 또 안 보는 게 있다. 대졸인지 대졸 예정인지. 5일 동안 전혀 보지 않았다. 한두 명의 면접관 중에 봤다는 사람은 두 명 정도? 일단 난 인사부에서 제공한 정보 중에 그 부분이 있는지도 몰랐다. 평가표 보면서 발표 점수 매기기 바빠서 이력서의 세부 항목까지 세세하게 다 보지 못했다. 면접 문제, 평가표, 시간 등등 신경 써야 하는 요소가 많은데 진득하니 이력서를 읽어볼 정신이 없다(면접 경험이 많은 지원자들은 잘 알겠지만 면접관들은 지원자가 들어오고 나서 자기소개를 할 때 그의 이력서를 훑는다. '읽는다'가 아니고 '훑는다'이다). 내 경우는 영어 점수도 잘 안 봤다. 다들 점수가 높아서 변별력이 없기도 했지만 토익 900점이 넘어가면 특별하게 보이지 않았다. 차라리 600점 맞은 점수를 넣은 지원자에게 눈길이 갔다. 이 지원자는 남들이 영어 공부할 때 뭘 했을까? 오히려 이런 궁금증이 생겼다.

　앞에서도 말했지만 채용 과정은 탁월한 사람을 뽑는 게 아니다. 우리 회사에서 일할 수 있는 사람을 뽑는 거다. 특히 면접관들 입장에서는 함께 일할 사람을 찾는다. 잘난 사람들 왕창 뽑아놨더니 적응하지 못하고 나간 사람이 많다. 회사마다 인재상은 다르겠지만 사람

들이 모인 곳에서 문제가 발생했을 때 성실한 자세로
주변 동료들과 소통하며 문제를 잘 해결하는 사람을 원
하는 게 회사다. 애초에 회사라는 단어 자체가 모일
회會, 모일 사社 아닌가.

　　스스로 학벌이 조금 부족하다고 느끼더라도 쫄
필요 없다. 만약 학벌 때문에 본인이 떨어진다면 그런
회사는 들어가서도 안 맞을 회사다. 면접하면서 만점을
준 여성 지원자가 있었는데 지방 캠퍼스를 나온 친구였
다. 그 지원자의 학교를 마지막 날 알게 되었는데 오히
려 학교를 듣고 만점 주기 잘했다는 생각이 들었다. 본
인 스스로 더 핸디캡이었을 텐데 그걸 극복한 친구의
마음과 정신은 얼마나 단단할까. 그녀의 입사가 기다려
진다(물론 그녀가 다른 회사로 갈 수도 있지만…).

TIP ☀ 눈이 가는 지원자:
　　　　 발표와 문서를 도식화하는 사람

"발표를 시작하겠습니다. 제 발표는 크게 세 부분으
로 나뉩니다. 환경 분석/전략/보완 사항."
면접관 입장에서 보기 편한 사람은 도식화를 하는 사

람이다. 발언할 때 자신의 발표에 관한 개괄을 먼저 말해놓고 순서에 따라 진행하는 사람. 확실히 안정감이 느껴지고 발표를 집중해서 듣게 된다. 문서를 써야 하는 상황이라면 도식화를 하자. 도식화는 공무원들이 쓰는 형태가 베스트다. 구청이나 정부기관에서 발표하는 자료들을 참고하면 된다.

아무리 잘했어도 떨어지는 사람

하루 일정이 다 끝나면 면접관들이 한자리에 모인다. 최종 면접으로 넘어가는 지원자들을 추려야 하기 때문이다. 인사부가 면접관들이 매긴 점수를 모두 모아 등수를 나열해두면 거기서 의견을 모아서 올릴 사람, 내릴 사람을 결정한다. 눈앞에 지원자들 코드와 여섯 개의 면접 모듈 점수, 전체 합산 점수와 순위가 적혀 있다. 회사마다 다르지만 면접 모듈에는 직무 면접(프레젠테이션), 토론, 1:1 면접, 다대다 심층 면접, 논술 평가 등이 포함되어 있다. 이 모든 것들이 하루에 진행되었다는 게 믿기 어려울 정도로 빡빡하다. 면접을 보느라 면접관들도 힘들지만 반나절 내내 저 모듈을 소화한 지원자들은 오죽했을까 싶다.

인사부에서 다음 전형으로 올라가는 3배수의 인원과 커트라인에서 아쉽게 탈락한 몇 명을 같이 보여준다. 직무 면접에서 잘했는데 다른 전형에서 잘못했는지 내가 점수를 잘 줬는데도 떨어진 지원자가 있었다. 안타까운 마음에 메모지를 만지작거리는데 인사부장이 헐레벌떡 뛰어와 한마디 한다.

"H-30, 31, 32번 지원자는 인사부 직원이 정숙해 달라고 했는데도 계속 떠들었다고 합니다."

헐. 누군가에겐 인생을 결정지을지도 모를 면접장에서 수다라니. 메모지를 보니 31번 지원자를 제외하고 나머지 두 명은 내가 면접을 본 지원자들이다. 30, 32번 지원자는 발표하는 내내 허허실실 웃어대서 태도 점수를 깎았었는데 면접장을 나가서도 그러고 있었나 보다. 채용의 진중함을 몰랐던 건지 이미 붙은 회사가 있어서 그런 건지 알 길은 없지만 일단 합격자 리스트에 이미 없었다.

문제는 31번 지원자였다. 프레젠테이션, 토론, 1:1 면접, 심층 면접 모두 점수가 좋았다. 전형 동안 평가했던 면접관들도 너무 괜찮았다고 의외라는 반응이었다.

그래서 그냥 올리자는 의견이 있었는데 다른 인사부 직원이 다가와 또 말을 한다.

"태도 평가자 말로는 계속 제지했는데도 아랑곳하지 않고 떠들었다고 합니다. 31번이 주동자였다고 하네요."

하… 탄식이 들려온다. 31번 지원자를 선호하던 면접관들도 말을 잇지 못한다. 이 정도면 그를 올리기 어려워진다. 앞서 언급했지만 신입 사원을 채용할 땐 탁월한 사람보다는 태도가 갖춰진 사람을 선호한다. 아쉽지만 31번 지원자는 탈락했다. 대신 커트라인 바로 밑에 있던 지원자가 대신 올라갔다. 모듈별 점수를 보니 내가 점수를 잘 준 지원자였다. 다행이다 싶었다.

아무리 면접을 잘 봐도 무조건 떨어지는 지원자들이 있다. 바로 '태도 평가'에서 과락을 받은 사람이다. 공부를 아무리 잘하고 실력이 뛰어나도 과거 행적이 바르지 못한 사람들(예를 들어 연예인 학폭 논란처럼)은 걸러진다. 회사에서 보는 태도는 여러 가지가 있는데 바로 앞에서 언급한 생활 태도와 더해서 주어진 과제를 읽지 않고 자기 의견만 내는 사람, 어설픈 전문 용어를 사용하는 사람도 태도 점수에서 감점받는다. 특히 나 같은 실무자 면접관 입장에서 어설픈 전문 용어를 들으면 "오, 이 친구 전문성이 있군!" 이런 생각보단 어쭙잖은 지식을 자랑하면서 본질을 곡해하려는 의도로 해석된다. 아무리 중고 신입이라고 해도 본인이 '신입 사원'에 지원했다는 걸 잊으면 안 된다. 다른 지원자와 차별되는 관록과 실력을 보여주고 싶으면 '단어'보다는 정확한 논리와 안정된 태도로 보여주는 게 좋다.

그리고 적당히 잘했음에도 면접관들 만장일치로 떨어트린, 정말 희한했던 지원자 한 명이 생각난다. 그녀는 우리 면접장에서 발표를 잘 마친 후 마지막 소회를 묻는 곰과장 질문에 "방금 면접에서 저의 고칠 점이 있으면 알려주세요"라고 했다. 순간 정적이 흘렀다. 그녀의 질문에 관해 우리는 답을 주지 않았다. 그리고 결론적으로 점수도 잘 주지 못했다. 저런 말은 자기중심적인 사람으로 비치기 쉽다. 조직에 융화할 수 있는 사람인가에 관한 의문점만 남길 뿐. 그녀는 우리 면접장뿐 아니라 다른 면접 모듈에서도 비슷한 태도를 보였다고 한다. 면접관들이 보는 중요한 관점은 '같이 일하고 싶은 사람'이라는 걸 다시 한 번 기억하자.

TIP ✳ 아무리 잘해도 결국 떨어지는 사람

· 미션을 숙지하지 않고 자기 생각만 표현한 사람

· 면접장에서 떠드는 사람

· 어설프게 전문 용어를 사용하는 사람

무표정은 무슨 신호일까

면접을 보고 왔는데 면접관들이 무표정이었다. 난 떨어졌을까? 이 질문에 관한 정답은 없다. 떨어졌을 수도, 붙었을 수도 있다. 난 개인적으로 웃음에 관한 강박이 있어서 일단 같이 있는 사람들을 웃게 하려고 노력하는데 면접관을 할 때는 거의 웃지 못했다. 왜냐하면 날 둘러싼 모든 환경이 웃음과는 거리가 멀었다.

지원자의 자리에서 마주 보이는 면접관이 웃는 경우는 거의 없다. 전문 면접관 중에서는 시종일관 포근한 미소를 머금고 지원자들을 편하게 해주는 사람이 있을지도 모르지만 면접관 대부분은 해당 회사를 다니고 있는 현직자들이다. 그 말은 그들도 6시 퇴근만 바라보는 일반 직장인이라는 뜻이다.

사무실에 있으면 일하다가 잠깐 담배도 피우고 커피도 마시지만 면접을 진행하는 동안에는 꼼짝없이 갇혀서 지원자들을 평가해야 한다. 지원자 중 한두 명은 대충 멍 때리며 흘려보낼 수 있다고 생각할지 모르지만 막상 면접관 자리에 앉아 열심히 준비해온 지원자들을 보면 흘려보낸 집중력까지 다 끌어다가 그 시간에 쓰게 된다. 쉼이 없는 업무(면접)는 체력적으로 지치고 또한 반복되는 질문과 답변에 우울감이 깔려 있다. 물론 새로운 신입 사원을 만난다는 설렘이 없는 건 아니다. 하지만 그것도 하루 정도 지나고 나면 설렘이 피로로 변한다. 게다가 1부에서 언급했듯 옆에는 평소에 잘 모르거나 잘 안 맞는 사람과 같은 면접장에 배정되어 있다. 기분이 좋으려야 좋을 수가 없다.

가끔 면접을 진행하다가 면접관들이 웃는 경우도 있다. 대부분은 어이가 없어서 실소하는 경우다. 분석이 엉성하거나 질문에 관한 대답이 황당한 경우, 지원자의 해맑음(?)에 빵터지게 된다. 종종 사시나무 떨 듯 떠는 지원자를 위해 눈으로만 웃는 억지웃음을 짓기도 하는데 이는 면접관을 피곤하게 한다는 점에서 좋은 신호는 아니다. 면접관의 태도 중에 가장 지원자에게 호의적인 건 고개를 끄덕이는 정도다. 괜한 얼굴 표정에 신경 쓸 필요 없다.

가끔 지원자 중에 평소의 나처럼 웃음 강박을 가진 지원자들이 있다. 앞에 있는 사람들을 주목시키고 웃음을 주지 않으면 불안한 사람들. 이런 건 친구들 앞에서 하는 게 좋다. 대한항공 면접 일화 중에 유명한 사례가 있다. 면접장에 입장하면서 양팔을 들어 비행기를 흉내 내며 입장한 지원자가 있었다. 이 사람이 붙었을까? 아니, 떨어졌다. 면접자의 시선을 사로잡을 수 있었지만 '면접'이라는 장소와 행동이 맞지 않았기 때문이다. 장소와 상황에 맞는 행동을 해야 한다. 면접관은 방청객이 아니라 지원자를 평가하는 사람이다. '평가될 수 있는' 자신의 모습을 보여줘야 한다.

면접관을 웃기려고 하지 말길. 솔직히 웃는 것도 피곤하다.

TIP ✳ 면접관을 불안하게 하지 않는 법

말을 끊기지 않게 한다. 면접관도 내 질문이 이상하

지 않은지 불안해하니까. 질문했을 때 멍하게 있으면 면접관은 불안하다. "잠시 생각할 시간을 주시겠습니까?"라고 하고 질문에 천천히 답해보자. 그리고 앞서 말한 내용을 반복해서 말하는 건 지양하자.

면접관은 서로 무슨 대화를 할까

회사마다 다르겠지만 내가 맡은 직무 면접의 경우 한 시간 동안 다섯 명의 지원자를 평가해야 했다. 중간중간 호기심을 자극하는 지원자들에게 시간을 더 길게 주고 싶었지만 100여 명의 지원자들을 전부 심사해야 했으므로 시간에 맞춰 칼같이 지원자들을 내보내야 했다. 면접 보는 기계처럼 발표를 듣고 점수를 매기느라 옆에 있는 면접관들과 대화할 시간이 거의 없었다. 10분 남짓 지원자들을 평가하고 2분 동안 재빨리 점수를 매기고 코멘트를 달아야 하니 옆자리 면접관에게 불필요한 말을 거는 건 서로 조심해야 했다.

그런데 종종 너무 탁월한 지원자가 있었을 때는

서로 소회를 공유하기도 했다.

"방금 지원자 대박이네요."

"그러게요."

자질이 안 되거나 평범한 지원자들이 왔을 때는 침묵한 채 키보드만 두드렸다. 하지만 면접관도 사람인데 아홉 시간 동안 평가만 할 수 없을 터. 핸드폰도 뺏겼고 인터넷도 연결되지 않은 장소에 있다 보니 머리가 아팠다. 심지어 내가 있던 면접장은 창문도 없었다.

그럴 때 인사부에서 제공해준 아이스 라떼를 마시며 주변 면접관과 간단한 대화를 나누곤 했다. 요즘 그 부서는 어떤지, 부장님은 잘 지내시는지, 점심 메뉴는 뭐가 나올지. 그러다가 갑자기 똑똑똑 소리가 들리고 지원자가 들어온다. 하고 있던 행동을 멈추고 옷매무새를 만진 후에 지원자를 맞이한다.

면접관을 처음 만난 지원자들이 보기에 엄한 표정을 짓는 사람들처럼 보일 수 있다. 하지만 방금까지 점심 메뉴나 신변잡기에 관한 이야기나 하던 사람이다. 무섭게 볼 필요도 없고 편하게 대하면서 준비한 것들을 잘 보여주면 된다.

다만 너무 실실거리며 웃는 건 안 된다. 일단 이

면접을 대하는 태도가 가벼워 보인다. 좋은 인상을 주겠다고 관광 안내원처럼 시종일관 밝은 미소를 날리는 지원자를 보면 면접관 입장에서 지원자의 진정성을 의심할 수 있다. 실제 한두 명의 지원자들이 주어진 과제를 발표하는 것보다 좋은 인상을 주는 데 집중한 경우가 있었다. 발표를 듣고 질문하는 도중에 자꾸 내게 추파(?)를 던져서 순간 뇌로 가는 시냅스가 마비되었다. 온화하고 아름다운 미소를 무기로 내세우며 주어진 과제를 부실하게 발표한 지원자에겐 점수를 주지 못했다. 이상한 건 분명 미소를 봤는데 내 몸이 점점 뜨거워졌다. 나도 모르게 화가 나고 있었다. 화가 난 이유는 두 가지였다. 이런 사람을 서류 전형에서 골라내지 못한 인사부와 누군가에겐 절실한 면접장을 미스코리아 선발대회장으로 만든 해맑은 지원자에게.

지원자들은 면접관 앞에서 긴장된 모습을 숨기기 위한 방책을 여러 가지 생각할 거다. 면접관마다 취향이나 스타일이 달라서 확언하긴 어렵지만 실실 웃을 바에는 차라리 벌벌 떠는 게 낫다고 본다. '웃상'을 강조하는 사람보다는 조금 경직되더라도 떨고 있는 지원자가 간절함과 진중함을 가진 사람처럼 비칠 가능성이 높다.

게다가 밀폐된 공간에 갇혀서 계속 평가하는데 지원자가 허허실실 웃으니 묘하게 기분이 상했다.

몇몇 지원자 중에 튀어 보이겠다고 과제 외에 아이디어를 붙여서 발표하는 사람들이 있었는데 대부분 감점했다. 가장 최악은 회사에 관한 스터디를 어설프게 한 나머지 회사가 철수 준비 중이거나 골칫덩이로 여기는 사업을 언급한 지원자였다. 대부분은 자신들이 개선해보겠다는 건데, 면접관 입장에서 지원자가 컨설팅 대표처럼 방향성을 제시하는 게 조금 건방지고 우스워 보일 수도 있다. 면접관들은 해당 직무에서 10년 이상 근무한 베테랑들이다. 우스워 보일 바에는 그냥 덜덜 떨면서 솔직한 모습을 보여주는 게 낫다.

TIP ☀ 면접관을 불편하게 하지 않는 팁

· 회사의 역린을 건들지 않는다. 지원한 회사나 시장에서 기대감이 줄어드는 사업 부문을 신입 사원인 자신이 해결할 수 있다고 말하는 것은 패기 있어 보이는 게 아니라 오만해 보일 수 있다. (과제로 제시된 경우 제외)

· 주어진 과제 범위 안에서 발표한다. 약간의 아이디어를 덧붙이는 건 괜찮지만 완전히 범위를 벗어나는 아이디어는 허무맹랑해 보인다.

면접관이라고 다 정상은 아니다 2

면접관 3일 차. 대충 마무리하고 두고 온 일이 생각나서 확인할 겸 사내 메신저에 로그인했다. 내 메신저에 노란불이 뜨자마자 메신저 창이 깜박깜박 점멸했다. 막역한 동기 J였다. J도 함께 면접관을 갈 뻔했는데 사정이 생겨 못 가게 되어서 아쉬워했었다. J가 물었다.

"어때? 면접관 재미있어?"

"아니, 다신 안 올래."

"왜? 재미있을 거 같은데. 예비 신입 사원들 구경하고."

풋풋한 예비 신입 사원들을 보는 건 확실히 좋았다. 하지만 그 기쁨보다는 돈과장과 하루 종일 붙어 있는 고통이 더 컸다. 여전히 면접관을 한 지 3일이 지났음에도 돈과장은 면접 전형과 관계없는 질문과 태도로 지원자들을 괴롭히고 있었다. 몇 번 기분 나쁘지 않게 제지했지만 소용없었다. 하긴, 언제나 한결같은 돈과장이 내 말 한마디에 바뀔 리가 없지. 그걸 바라느니 하노이에 눈 내리는 걸 바라는 게 더 현실적일 거다. 동기와 메신저로 수다를 떠니 숨통이 조금 트였다. 그런데 시원함도 잠시, 저 멀리서 뭔가 내 숨통을 막는 듯한 소리가 들린다. 고장 난 기차에서 뿜어져 나오는 매연처럼 뿌옇고 탁한 목소리. 이 목소리는… 예전 내 사수이자 거친 언행으로 유명한 D부장이었다. 옆자리 앉아 있는 인사부 직원에게 물었다. 오늘 심층 면접관으로 혹시 D부장이 오는지. 인사부 직원은 고개를 끄덕였다.

　머릿속에 시린 바람이 분다. 아침부터 힘들게 서울 근교 시골에 있는 인재개발원으로 와서 1차 면접에서 돈과장을 만나고, 토론, 논술, 1:1 면접을 마치고 난 후 맨 마지막 심층 면접에서 D부장을 만나는 지원자. 나라면 아마 면접장을 나오면서 오줌을 한 바가지 싸고 다신 이 회사에 얼씬도 안 할 것 같은데. 설마 신입 사원 채용을 최소화하려는 인사부장의 신박한 용병술인가 싶었다.

애써 눈을 안 마주치고 바깥으로 도망가려는데 D 부장과 눈이 마주쳐버렸다.

"오! 시드니 여기 있네!"

정지된 자세로 어색하게 그를 맞이했다.

"오, 오셨네요." (웃음)

그를 만나게 될 지원자들에게 RIP rest in peace(편히 잠드소서)를 외쳤다. 우리 회사에 저런 분만 있는 건 아닌데 참⋯. D부장은 오랜만에 만난 내가 반가운 나머지 이것저것 묻는다. 3일간의 면접에 관해 브리핑을 하니 역시 시답잖다는 표정을 짓는 D부장. 그에게 이번 면접에서 어떤 지원자를 뽑을 건지 물어봤다.

"나 착하게 할 거야. 착하게 해야 대답을 하지. 평소대로 하면 지원자들 도망가잖아."

오! 다행히 인사부 교육을 받고 왔다. D부장 주변 사람들도 면접관으로 가게 된 그가 걱정되었는지 여러 조언을 해줬다고 했다. 실제 D부장과 같은 조였던 면접관 선배들에게 물어보니 그는 별 질문을 안 했다고 했다. 그저 인사부에서 가이드를 준 질문만 하고 듣기만 했다고. 평소 독사 같은 그도 상황을 따져가며 행동하고 있었다. 그나마 그 부분은 돈과장보다 나은 부분이 었다.

저녁 시간 합평을 하면서 D부장에게 특별히 마음에 드는 지원자가 있었냐고 물었다. 역시 그는 한 명도 없었다고 했다. 그의 기준을 충족하는 지원자는 단 한 명도 없었다고. 그나저나 내 점수표를 보더니 왜 이렇게 점수를 후하게 줬냐고 나를 공개적인 장소에서 혼내기 시작했다. 평소에 일도 이렇게 물렁하게 하냐며 핀잔을 주는 그. 좀 난감하긴 했지만 여기서 이럴 건가 싶어서 대꾸 없이 멍하게 있는데 한 선배가 다가와 D부장의 말을 가로챈다.

"D부장이 말은 저렇게 해도 시드니가 코멘트 단 거 보고 엄청 좋아했어."

"음, 제가 어떻게 썼죠?"

"그게 제일 기억에 남는데. '이 지원자는 누가 세상에 강제로 꺼낸 느낌.'"

아, 누군지 생각났다. 발표 내내 허공을 바라보면서 발표하던 돌돌이 안경 쓴 지원자. 발표 내용 자체는 나쁘지 않았지만 사람들과 소통해야 하는 회사라는 곳과 어울리지 않았던 그 사람. 그에 관해 어떻게 쓸지 고민하다가 '세상에 강제로 꺼내진 느낌'이라고 썼다. 너무 딱딱한 코멘트보다는 가능하면 직관적이고 구체적으로 코멘트를 다는 게 다음 면접관들에게도 도움이 될 거라 생각했다. 다행히 내 코멘트를 보고 좋아했다니 뿌듯했다.

그래서 이 장황한 글의 결론은 면접관들에게 주눅들 필요가 없다는 거다. 면접관들도 각양각색 특성이 다 다르고, 자기들끼리 혼내기도 하고 심지어 싸우기도 한다. 면접관들도 삼라만상, 모든 만물 중 티끌 같은 존재이며 그렇게 대단한 사람들도 아니라는 것.

그러니 쫄지 말자.

TIP ✳ 압박 면접 시 시선 처리

보통 면접관은 세 명에서 다섯 명 정도 앉아 있는 경우가 많다. 사전에 그들은 역할을 나눈다. 인사말 하는 사람, 클로징 멘트 하는 사람, 시간 재는 사람, 압박하는 사람, 풀어주는 사람.
혹시 심하게 압박하는 사람이 있으면 그 사람만 보고 이야기하기보다는 시선을 여러 곳으로 분산하면서 답을 하는 게 좋다. 실제 압박 질문을 한 적이 있는데 지원자가 나만 째려보는 것보다는 다른 면접관들도 차근차근 얼굴을 보며 대답해주는 게 압박 질문을 던진 나로서도 더 마음이 편했다. 괜히 초면인 사람끼리 서로 노려보고(?) 있으니 묘하게 싸우는 기분.

압박 면접을 하는 이유

만약 어떤 회사 면접을 보게 되었다고 하자. 떨림 반, 설렘 반으로 면접을 보고 있는데 한 면접관이 유독 내 대답에 꼬리에 꼬리를 물며 압박한다. 회사에 지원한 이유가 뭔지, 그동안 어떻게 살아왔는지, 앞으로 이 회사에서 뭘 할 건지 구체적으로 묻는다. 이 정도면 마무리되었다 싶은데 또 다른 화제의 질문을 꺼낸다. 당황스럽지만 일단 생각나는 대로 정리해서 대답하고 나왔는데 면접관들 표정이 신통찮다. 이런, 꼭 가고 싶었던 회사인데 과연 붙을 수 있을까?

이 질문에 관한 답은 '예스!'라고 해두고 싶다. 앞에서도 언급했지만 면접관들은 밀폐된 장소에서 반복

된 질문을 하며 매우 피곤해진 상태다. 그럼에도 한두 명의 면접관이 지원자에게 순간으로 에너지를 쏟아내는 소위 압박 면접을 했다는 건 해당 지원자가 매우 흥미롭고 궁금하다는 뜻이다. 필기시험이나 토론 등 다른 면접 과정에서 과락만 없다면 합격할 확률은 꽤 높다.

나도 100여 명의 지원자 중 서너 명 정도 압박 면접을 했다. 양쪽에 앉아 있는 면접관들에게 시선으로 양해를 구하고 연속적으로 질문했다. 압박 면접을 한 첫 번째 이유는 그 지원자를 뽑고 싶어서였고, 두 번째 이유는 지원자가 나와 일하게 될 확률이 높아서였다. 우리 본부거나 아니면 내 옆자리에서 일할 수 있는 지원자라 판단했기 때문에 꼬리에 꼬리를 무는 질문을 계속했던 거다.

압박 면접한 지원자들의 점수는 대체로 평가가 좋았다. 일단 연속 질문을 했다는 건 처음 질문에 관한 대답이 마음에 들어서고, 이 사람에 관해 더 알고 싶은 마음에 질문을 했다. 호감도가 높은 상태에서 대화하듯 질문하기 때문에 질문하는 내용은 심층 질문이지만 면접관의 태도는 부드럽다.

오히려 심층 면접 때는 내 쪽이 더 긴장했다. 심층

질문을 하면서도 '지원자가 대답을 못 하면 어떡하나' 싶은 마음도 있다. 우리 회사에 관해 공부했다면 지원자 충분히 대답할 수 있는 질문을 한다. 실제 심층 질문을 한 지원자 중에 동문서답한 한두 명을 제외하면 점수는 거의 만점을 줬다.

그리고 압박 면접을 마치고 나면 면접관인 나도 다리가 풀렸다. 지원자가 너무 마음에 든 나머지 우리 회사에 오지 않을까 봐 걱정되기 시작한다. 내가 너무 세게 말했나? 질문이 너무 수준 낮았나? 면접 보고 나서 우리 회사에 안 오면 어떡하지? 등등 온갖 걱정이 날 감싸기 시작한다.

지원자가 너무 마음에 드는 상황이 오면 그/그녀가 문밖으로 나가는 순간까지 계속 쳐다보게 된다. 뒷모습을 보며 간절히 마음의 소리로 말한다.

'제발… 합격해서 같은 층에서 봅시다…'

서로의 간절함이 만나면 분명 염원이 이뤄질 거라고 믿는다. 가장 강렬하게 쳐다본(?) 지원자도 나가면서 내 눈빛을 읽었는지 모르겠지만 살짝 눈웃음을 지어줬다. 며칠 전 최종 합격자 명단이 있었는데 다행히 우리는 만나게 될 것 같다. (휴)

압박 면접을 당해 스트레스 받는 신입 지원자들도 있을 거다. 합격/불합격 여부를 명확하게 말할 순 없지만 일단 면접관이 압박했다는 건 좋은 신호라고 본다. 면접관은 밀폐된 공간에서 면접하면서 상당히 피곤하고 무기력한 상태다. 그럼에도 정신을 각성해서 당신에게 압박했다는 건 당신이 뽑힐 가능성이 높다는 거다. 오히려 아무 압력도 느끼지 못한 게 적신호다. 비슷한 질문에 비슷한 대답을 했고 보통의 느낌을 줬기 때문에 어떤 면접관도 당신을 알아보려 나서지 않았을 수 있다. 면접에 갔는데 면접관들이 무난한 태도를 보였다면 특히 질문을 거의 하지 않고 당신의 이야기를 가만히 듣기만 했다면 불안감을 느낄 만하다.

반대로 문밖을 나가기 직전까지 면접관들이 자신을 뚫어지게 쳐다봤다면 이건 90퍼센트 그린 라이트다.

TIP ※ 시드니의 다소 주관적인 그린 라이트

· 지원자의 마지막 인사말에 면접관 모두가 고개를 든다(한 번이라도 더 보고 싶으니까).

· 다른 회사에 많이 지원했는지 묻는다(거기 안 갔으면 싶으니까).

· 문을 닫고 나갈 때까지 계속 쳐다본다(제발 우리 부서 배치되라고 주문 외우는 중).

울었는데 저 떨어졌나요

면접관 합숙을 들어오기 전에 한 가지 다짐한 게 있었다. '운 사람은 무조건 떨어트린다.' 물론 사람마다 사정이 있고 짠하고 안쓰러운 마음이 들긴 한다. 하지만 내가 그동안 회사에서 경험한 인간 데이터에 따르면, 면접에서 울어서 합격한 지원자 중에 회사에서 잘 생활하는 경우는 거의 없었다.

　그런데 면접을 진행하면서 원칙이 깨졌다. 면접에서 울었음에도 좋은 점수를 줄 수밖에 없었던 지원자가 있었기 때문이다. 그 지원자를 면접한 지 몇 주가 지났지만 아직도 아련하고 촉촉했던 그분의 눈이 기억난다. 발표 면접 도중에는 그저 맑고 투명한 눈이었지만 질문의 밀도가 높아질수록 점점 눈에 물이 차면서 그동안의 애환과 간절함이 쏟아져 내린 그 사람.

처음 그 지원자를 봤을 때는 별로 기억에 남는 인상은 아니었다. 이력서를 쓱 봤을 때 그 사람은 꽤 큰 기업에 다니는 현직자였다. 역시 현직자답게 베테랑처럼 발표를 해나갔다. 주어진 시간은 12분 남짓이었지만 앞에 앉아 있는 면접관들보다 더 전문적이면서 유연하게 해결책을 제시했고 시선 처리나 태도 또한 바로 옆에 앉아 있는 대리님이라고 해도 어색하지 않은 수준이었다.

완벽한 발표였지만 뭔가 가슴 한구석이 싸했다. 이렇게 완벽한 사람을 과연 '신입 사원'으로 받을 수 있을 것인가? 그리고 이 정도 실력이 되는 사람이면 탁월한 사람을 상사로 만나야 하는데 확률적으로 그러긴 쉽지 않았다. 그래서 발표가 마무리되어갈수록 어떻게 점수를 줘야 하나 고민이 되었다. 점수를 잘 줘서 신입 사원으로 뽑아놓으면 회사에 실망하고 퇴사할 확률이 높아 보였기 때문.

"지원자분은 발표를 쭉 들어보니 관련 분야에서 전문성이 뛰어나신 것 같은데 왜 우리 회사에 신입 사원으로 들어오려 하시나요?"라고 질문을 던졌다. 사실 이 질문도 지원자가 어떻게 대답할지 뻔히 보였다. 더 많이 배우고 싶다, 더 발전하고 싶다, 업계를 리드하는 회사니까 등 그런 말을 하겠지. 실제로는 지금 회사에서 관계가 안 좋거나 승진에 문제가 있거나 문제를 회피하고 싶어 이직하는 게 아닐까 하는 생각이 들었다.

당당하게 질문에 답을 할 줄 알았는데 아니었다. 발표 면접 내내 총학생회장처럼 당당하던 지원자가 갑자기 몸을 사시나무처럼 떨었다.

"사실 이 회사는 제게 이정표였습니다. 대학 생활 내내 이 회사 입사 준비를 했지만 3년 동안 공채가 없어서 지원하지 못했습니다. 그동안 다른 회사에서 경력을 쌓았고 드디어 이렇게 면접 기회가 생겨서 감개무량합니다…" (울컥)

헉. 지원자의 눈이 벌게졌다. 내 옆에 앉아 있는 면접관들도 지원자의 갑작스러운 눈물에 당황했다. 질문을 던진 나는 너무너무 미안했다. 그의 진정성을 알아보지 못하고 사람을 넘겨짚은 내 경솔함이 드러나는 순간이었다. 결자해지를 해야겠다는 생각에 예외적으로 몇 마디 덧붙였다.

"그러셨군요. 지원자의 간절함을 잘 이해했습니다. 이제 채용 전형 시작입니다. 지금 눈물을 흘리시면 다음 전형에 영향이 가요. 얼른 눈물 닦으시고 남은 전형 잘 치르시길 바랍니다."

지원자는 발표 자료를 떼서 가져가면서 눈물을 훔쳤다. 지원자가 나가고 저녁 합평 시간에 해당 지원자 멘토에게 그 지원자가 이후에 잘 면접을 치렀는지 물었다. 다행히 멘토는 눈물에 대해서는 전혀 모르고 있었고 이후 면접 전형에서 야무지게 잘 해냈다고 했다. 합평 시간에 점수를 합산해서 보니 눈물의 지원자는 1등 자리를 차지하고 있었다. 진정성은 모두에게 통했구나 싶었다.

하지만 여전히, 면접 중에는 아무리 간절하더라도 가능하면 울면 안 된다. 회사 생활을 하다 보면 울고 싶은 상황이 많이 생긴다. 그럴 때 울면 상황 해결에 방해가 되고 동료들에게 손해를 끼치게 된다. 그런 사람으로 비치지 않도록 가능하면 수도꼭지를 잠그고 면접에 임해야 한다. 눈물의 지원자도 발표 면접 자체를 완벽하게 하고 마지막 소회를 말하는 부분에서 조금 울먹거렸을 뿐이다.

만약 발표도 잘 못 했고 눈물까지 흘리고 말았다면 모의 면접 연습을 더 해보시길.

TIP ☀ 눈물이 날 때 대처하는 법

· 혀를 살짝 깨문다(통각으로 인해 감성적인 생각이 싹 사라진다).
· 목소리를 다듬는 척 목을 만지며 시선을 아래로 내린다(하늘을 보면 우는 거 티가 난다).
· 헛기침을 몇 번 하고 다시 정신을 차린다(가끔 자기 뺨을 때리는 사람들이 있는데 이건 지양하는 게 좋다).

시선을 끄는 필승 전략

사실 면접의 필승 전략이란 건 없다. 면접面接은 '사람이 대면하여 만난다'는 뜻이다. 천태만상의 다양한 사람과의 만남에서는 변수가 많을 수밖에 없다. 그럼에도 합격 확률을 높일 수 있는 한 가지 포인트를 발견했다. 운동 이야기를 꼭 한다는 점이다.

면접에서 대화를 나눌 화제는 갑자기 어디서 튀어나오는 게 아니다. 지원자가 제출한 자기소개서를 보고 궁금했던 부분을 묻게 된다. 고스펙 시대 지원자들의 자기소개서는 휘황찬란했다. 나 때는 동아리 하나만 만들어도, 축제 기획에만 참여해도 면접관들이 눈을 휘둥그레 뜨고 쳐다봤는데 요즘 지원자들은 어린 나이에 연구 성과를 내거나 심지어 대한민국 법에까지 영향을 미친 사람들이었다.

하지만 그럼에도 시선이 가는 건 탁월한 성과나 업적을 낸 사람들이 아니었다. 오히려 소탈하게 일상을 충실히 살아가는 듯 보이는 사람들이었다. 그런 사람을 찾아내는 척도 중 대표적인 건 운동이다. 지원자 중에 가장 눈길이 갔던 사람은 배구 심판 자격증이 있다는 사람이었다. 난 배구는 잘 모르지만 '심판'의 권위는 잘 알고 있다. 운동 경기에서는 심판의 한마디로 승패 당락이 오가기 때문이다. 게다가 심판을 할 정도라면 한 운동 종목에 관해 완벽하게 파악하고 있다는 거 아닌가. 사람이 살면서 하나를 제대로 알기도 어려운데 한 종목을 독파하고 있다니. 심판 앞에서 면접관을 하려니 자연스럽게 고개가 숙여졌다.

나만 이런 느낌을 받은 건 아니었는지 함께 들어간 면접관들도 압도적으로 심판에게 질문했다. 심판과 함께 들어온 지원자들도 상당한 고스펙자였다. 그럼에도 왜 탁월한 성과자보다 배구 심판에게 더 눈길이 갔을까? 이건 직장인들의 생활 패턴을 보면 쉽게 이해할 수 있다.

직장인들은 하루 종일 회사에서 일한다. 그리고 직장인들 대부분은 회사에 관해 혐오하는 마음을 갖고 있다. 돈을 주지만 나를 힘들게 하는 애증의 회사에 다니는 이유는 딱히 현시점에서 대안이 없기 때문이다. 지금 하는 일로 열심히 경력을 쌓아서 더 나은 직장으로 옮기거나 자기 사업을 하려는 사람도 있겠지만 대체적으로 별 생각 없이 다니는 사람이 많다.

이런 직장인들의 유일한 낙은 운동이다. 운동을 하면 회사에서 얻기 어려운 성취감, 스트레스 해소, 다이어트 효과 등을 누린다. 그래서 직장인들이 퇴근하자마자 짐이나 운동센터로 기를 쓰고 달려간다. 어떤 사람들은 동호회를 만들어 주말마다 등산, 야구 등을 하기도 한다. 직장인의 운동 라이프는 주 40시간 근무가 도입되고 워라밸 문화가 전파되면서 더 활발해지고 있다.

또 운동을 내세우는 게 유리한 이유는 면접관들 나이대다. 대부분 면접관은 30~40대다. 팔팔한 20대들은 퇴근하고 놀러 가기도 하고 날이 새도록 술도 먹지만 30~40대는 그러면 큰일 난다. 퇴근하고 운동을 꼭 해야 밥벌이가 영속 가능한 나이대다. 그래서 다들 건강과 운동에 관심이 많다. 예전에는 양조 자격증이나 레크리에이션 강사 자격증이 있는 지원자들이 인기가 많았다 들었는데, 솔직히 지금 관점에서 저런 지원자들을 후배로 받으면 부담스럽다. 그냥 개인 생활을 잘 꾸려가면서 소소한 정보를 공유할 수 있는 정도의 후배를 받고 싶다.

　게다가 운동하는 사람은 외적으로 멋있다. 내면을 봐야 하는 면접이지만 일단 눈에 보이는 게 외견이기 때문에 외모에서 오는 호감은 어쩔 수가 없다. 단단한 피부와 탄탄한 근육에 일단 시선이 쏠린다. 그리고 운동 중에서도 꼭 요가나 필라테스처럼 혼자 하는 운동보다는 단체로 하는 운동을 언급하는 게 좋다. 조직 생활도 단체 운동 경기와 같아서 함께하는 운동을 잘하는 사람이 조직에 잘 융화될 걸로 판단되어서 점수를 더 받을 확률이 높아진다.

　이번 내 옆자리 면접관은 우리 회사 야구 동호회 부회장이었다. 그는 운동에 관해 쓴 지원자들의 지원서를 훑더니 지금 좌완투수가 없어서 고민이라고 했다. 만약 좌완투수 할 수 있는 지원자가 있다면 무조건 만점을 주겠다며 눈에 힘을 줘서 말했다. 퀭한 눈으로 자기소개서를 보고 있는 내 손을 덥석 잡으며, 좌완투수는 지옥에서도 데려와야 한다고 꼭 야구 하는 지원자가 보이면 알려달라고 신신당부했다.

운동의 힘이 이렇게 크다.

TIP ☀ 운동이 중요한 이유

회사는 스트레스가 많은 조직이다. 과한 업무 스트레스로 인해 신경 쇠약이나 우울증에 걸리는 직장인도 적지 않다. 그런 와중에 스트레스 관리를 잘하는 사람도 있는데 대체로 운동하는 사람들이다. 요가, 테니스, 골프, 근력 운동 등 일과 후 체력을 증진하는 활동을 하는 사람들의 정신은 건강한 편이다. 드라마 〈미생〉에서도 장그래(임시완 분)의 바둑 스승이 "네가 이루고 싶은 게 있다면 체력을 길러라"라고 하지 않는가. 체력이 약하면 편안함을 찾게 되고, 그러면 인내심이 떨어지고 정도가 심해지면 병이 찾아온다. 체력을 관리하는 이미지를 주길. 실제 그런 사람이 되면 베스트다.

지원자만 긴장하는 건 아니다

일단 이 글을 쓰려고 책상에 앉았는데 갑자기 눈물이 난다. 잠깐 눈물을 닦고 와야 할 것 같다.

개인적인 이야기를 해보려고 한다. 중학교 2학년 때 가수 신화가 나오는 MBC 라디오 프로그램(〈FM 데이트〉)의 애청자였다. 그때 어느 순간 저런 방송을 기획하는 PD가 되고 싶었다. 중학교 때 전교 100등 바깥에서 놀았지만 PD의 꿈을 품자마자 바로 전교 20등 안으로 들어갔다. PD 시험이 어떻게 보는지도 모르던 중학생이었지만, 공부를 잘해야 한다는 건 알고 있었다. 대체로 PD들은 SKY 출신들이었으니까.

대학 생활을 하면서 2년 정도는 동아리, 학과 생

활, 여행 등으로 다채롭게 보냈지만 3~4학년 동안은 고시생 모드로 공부만 했다. 제발 놀자는 친구들의 읍소를 뒤로하고 하루 종일 도서관에 박혀 필기시험을 준비했다. 평생 읽었던 책보다 필기시험을 준비하는 2년 동안 훨씬 많은 책을 읽고 작문을 했다. 이때 인생 작가인 오스카 와일드, 로맹 가리, 김연수, 윤고은을 만났다. 비록 바깥에 나가서 세상을 탐할 순 없었지만 도서관에서 만난 세계는 내가 몸으로 닿을 수 있는 세상보다 훨씬 컸다. 준비 과정이 행복한 수험생이라 행운이라 여겼고, 당연히 꿈을 이룰 수 있을 거라 생각했다.

열심히 공부한 결과일까. 시험을 처음 보던 해, 서류를 통과한 방송사 필기시험에 모두 합격했다. 아는 분들은 알겠지만 방송사 시험은 필기가 가장 어렵다. 당시에는 2000명 정도가 서류를 내면 500명 정도 필기시험 기회를 준다. 그중에 50명 정도가 면접을 볼 수 있게 된다. 필기-면접 사이 경쟁률만 따지면 10:1인데, 경쟁률 숫자 자체는 높지 않아 보이지만 실제로 고학력 고스펙들이 밀집되었다는 점에서 낙타가 바늘구멍에 들어가는 수준이었다. 신기하게도 나의 방송사 입사 전형은 탄탄대로였다. 서류 통과, 필기 통과, 여러 모듈의 면접 통과까지. 남아 있는 건 최종 면접뿐이었다. 소년 출세는 인생의 3대 악재 중 하나라는 말처럼 이때부터 거만해지기 시작했다. '역시 나를 이길 사람은 없군. 난 타고난 PD겠군'이라는 생각이 머릿속을 지배했다. 최종 면접을 보던 날 엄마에게 여의도로 오라고 연락했다. 딸이 입사할 회사를 보여주겠다는 심정으로.

자신만만했던 최종 면접은 무난히 잘 끝났다. 사장님을 포함한 임원 면접이었는데, 중간중간 정치적인 질문만 제외하면 예상했던 수준이었다. 최종 면접 발표 날, 하루 종일 전화기를 붙들고 있었다. 합격자 발표는 전화로 온다는 걸 합격 수기를 통해 알고 있었으니까. 전화기는 끝내 울리지 않았다. 약속했던 시간에 방송사 사이트에 접속하니 합격자 발표가 나 있었다. 그곳에 내 이름은 없었다.

그 후 한 달간 식음을 전폐하고 폐인처럼 살았다. 좌절의 늪이 있다면 가장 깊이 빠졌다. 온 우주의 합격 기운이 몰려왔었는데 왜 탈락했는지 이해할 수가 없었다. 최근 10년 동안 PD 시험을 준비했던 과거가 떠올랐다. 이렇게 열심히 살았는데 떨어진다고? 여기서 더 열심히 할 방법도 모르겠는 상태였다. 다행히 많은 주변 사람의 걱정 덕분에 마음을 추스르고 일어났다. 당시 방송사 시험은 전년도 면접, 최종 면접 탈락자는 거르는 걸로 알려져 있었다. 그래서 방송 3사는 포기하고 새로 생긴다는 종합 편성 채널 입사 준비를 시작하려고 했다. 그런데 그조차 시작할 수 없는 충격적인 소식을 듣게 되었다.

여느 때처럼 스터디 모임 사람들과 글쓰기 모임을 하고 있었다. 내가 최종 탈락한 걸 알고 한 달 정도 신문 스크랩에서 빼준 고마운 사람들이었다. 음료수를 한 잔씩 돌리며 감사의 마음을 전하고 수다를 떨고 있는데, 한 스터디원이 내 옆구리를 콕 찌르며 귓속말을 해줬다. 그 한마디가 모든 걸 바꿔놨다.

누군가의 명예를 훼손할 수 있어서 자세히 말할 수는 없지만 내가 탈락한 이유는 내 문제가 아니었다. 오히려 내가 통제할 수 없는 영역이었다. 죽었다 깨어나도 내가 극복할 수 없는 문제였다고 할까. 원인과 결과 사이에 내가 없다는 걸 깨달은 후 절망의 늪에서 바로 나올 수 있었다. 무너졌던 정신은 다시 부르즈 할리파처럼 높아졌다. 내가 극복할 수 없는 문제를 갖고 멍하니 쥐고만 있을 수는 없는 노릇이었다(네, 저 T입니다).

그날 그 시간 이후, 오랜 기간 꿈꿔온 PD의 꿈을 썩은 무 잘라내듯 잘라내버렸다. 그 후 몇 개 회사에 거쳐 지금의 회사에 입사하고 연애하고 결혼하고 잘 먹고 잘살고 있었다. 내가 PD를 하려고 했다는 사실조차 잊은 채 현재하고 있는 해외 사업에 몰입하고 살고 있었는데, 신입 사원 면접관을 하게 되면서 과거의 감정이 다시 살아났다.

꿈은 잘라내버렸지만 지원자들을 보면서 과거 간절했던 내 마음이 아른거렸다. 저 사람들의 간절함을 다 헤아릴 순 없지만 옛날 PD 시험을 보던 나를 투영하면 마음이 아려왔다.

다만 일반 기업의 취업 전형이라 과거 나처럼 우리 회사만 바라보고 오는 사람은 많지 않을 거다. 그럼에도 지원자 가운데 우리 회사가 '최종 목적지'라고 하는 사람들이 있었다. 그런 사람들을 마주할 때는 온몸에서 식은땀이 났다. 분명 다른 지원자들과 동일 기준으로 판단해야 하는데 예전의 내가 생각나 정상적인 판단이 어려웠다. 쓰나미가 일어나면 온 마을이 쑥대밭이 되듯, 지원자의 강한 에너지가 전달되면 시냅스가 마비되었다. 다행히(?) 중간중간 어이없도록 준비가 안 된 지원자들을 보면서 에너지를 회복했다. 계속 간절한 지원자들만 들어오면 나도 계속 긴장되어서 심장이 마비될 지경이었다. 인사부에서는 이런 내 심경을 알아차렸는지 잘하는 지원자와 못하는 지원자를 적절히 배치해 줬다.

　못하는 지원자들은 공통점이 있었다. 먼저 지원한 회사에 관한 정보가 없다. 어딜 지원한 건지, 이 회사가 어떤 회사인지 모르고 왔다. '그런 사람이 있어요?' 싶을 수 있지만 생각보다 많다. 물론 나도 신입 지원자 시절에 내가 지원한 회사들의 정보를 100퍼센트 파악하고 간 건 아니었다. 그래도 최소 어떤 산업군이고 회사가 지향하는 바가 무엇인지는 알고 갔는데 어떤 지원자들은 그냥 발가벗은 상태로 돌아다니는 아기처럼 무지하고 해맑았다.

　또 문제를 정확히 읽지 않는다. 면접 시 직무 면접이나 토론 면접에서는 방대한 정보가 주어진다. 일종의 문해력 테스트다. 요즘 텍스트에 약한 사람들이 많아서 변별력을 주기 위해 이런 전형들이 강화되는 추세인데 주어진 문제를 정확히 읽지 않고 대충 때우려는 사람들이 많다. 개인기로 넘어가려는 지원자들에게 미안하지만 면접관은 정확하게 안다. 이 사람이 문제를 읽었는지 안 읽었는지. 왜냐하면 면접관들은 해당 내용으로 사전 교육을 받았을뿐더러 답안지를 보면서 지원자를 평가하기 때문이다. 잘하는 지원자들은 문제를 꼼꼼하게 읽고 짧은 시간이라도 주어진 정보를 종합적으로 고려해서 답을 찾아간다. 특히 탁월한 지원자들은 도식화를 한다. 자기 생각을 정리하는 걸 넘어서서 보는 사람들까지 고려하는 거다.

탁월한 지원자를 만나면 긴장되고, 준비가 안 된 지원자들을 보면 스트레스를 받는다. 그래서 그런지 면접을 보는 내내 힘들다. 사실 몸이 힘든 건 별로 없다. 누가 운동을 시키는 것도 아니고 포근한 의자에 앉아만 있는 데다 나름 면접관이라고 음식도 잘 주고 졸릴 때면 커피도 사준다. 그럼에도 면접을 다녀와서 이틀간 몸살로 앓아누웠다. 이런 정신노동도 태어나서 처음 해보는 경험이었다.

몸은 아팠지만 그래도 집중하고 긴장해서 지원자들을 봤다는 건 말해주고 싶다. 이렇게 집중해서 봤는데 탈락했다는 소식을 들으면 지원자들은 더 좌절할 수도 있다. 하지만 생각보다 자기의 문제가 아닌 걸로 합격과 불합격이 결정되기도 하니 슬퍼하지 말라고 위로해주고 싶다. 똥차 가면 벤츠 오는 세상이니 훌훌 털어버리고 인생의 다음 단계를 헤쳐 나가길.

TIP ✳ 탈락 시 멘탈 관리법

· 탈락의 원인이 자신이 콘트롤 가능한 부분인지 아닌지 살핀다.
· 콘트롤 불가능한 영역이라면 빨리 잊어버린다.
· 콘트롤 가능한 영역이라면 다시 연마하고 발전하기 위해 노력한다.

면접관은 뛰어난 사람일까

맞을 수도, 아닐 수도 있다. 아니, 아닐 확률이 더 높다.

회사마다 다르겠지만 신입 사원 면접 전형은 보통 1주일 또는 2주일 정도 진행된다. 면접 일정이 정해지면 인사팀에서는 실무 면접관을 할 사람들을 찾아다닌다. 우리 회사의 경우 본부가 일곱 개 정도 있는데 본부당 실무자 적게는 세 명, 많게는 다섯 명 정도 차출이 된다.

신입 사원 면접 일정이 공지되면 면접관을 갈 연령대 직원들의 가슴이 두근거린다. 이제 갓 대학을 졸업한 파릇파릇한 젊은이들을 만날 생각에 설레기도 하지만 무엇보다 가슴 뛰는 일은 면접 전형 기간 동안 업무에서 배제된다는 거다.

면접관 후보에 오르게 되면 먼저 후보가 소속된 부서장에게 연락이 간다.

"시드니가 면접관으로 갔으면 좋겠는데, 괜찮을까요?"

여기서 "네!"라고 답이 나오는 경우는 많지 않다. 업무 역량이 뛰어나든 말든 타이트하게 운영되는 부서 업무에서 한 명이 1~2주일 빠져버리면 공백이 발생한다. 그래서 대부분의 부장들은 난색을 보인다.

"시드니는 안 될 것 같은데요? 다른 사람으로 찾아보세요."

이게 보통의 부장들 반응이다. 그래서 면접관이나 멘토로 갈 나이임에도 불구하고 한 번도 가본 적이 없었다. 입사 5년 차 이후부터 프로젝트 메인 PM이었어서 하루만 휴가를 내도 눈치가 보였다. 그럼에도 금번 채용에 참여할 수 있었던 건 우리 부서가 신입 사원 TO 신청을 했기 때문이다. 신입 사원 TO를 요청한 부서에서 면접관이 안 가게 되면 다른 부서에 부담을 주는 꼴이라 부장님도 더 이상 거절하기 어려웠던 거다.

이런 상황들을 고려하면 눈치챘겠지만, 유능한

사람이 면접관으로 갈 확률은 매우 낮다. 보통 1~2주일 업무를 하지 않아도 크게 영향이 없는 사람이 간다. 만약 인사부에서 '누구 씨'를 면접관으로 보내달라고 했을 때 부장이 "네네, 누구 씨 가능합니다"라고 한다면 누구 씨는 본인의 회사 생활을 한번 돌아보긴 해야 한다.

우여곡절 끝에 염원하던 면접관을 드디어 가보니 유명한 에이스도 있었고 잉여 인력으로 추정되는 사람도 있었다. 에이스분들은 담당 부서장들이 '신입 사원 채용의 가치'를 아는 분들이었고 잉여 인력으로 추정되는 분들은 '일의 가치'를 더 우선시하는 분들이었다. 심지어 어떤 분들은 면접장과 집이 가깝다는 이유로 온 사람도 있었다. '너네 집이 분당이니까 금요일까지 판교에서 면접 보고 집에 일찍 가면 되겠네' 하는 느낌으로. 그 외 실무에서 온 사람 외에는 대체로 인사부나 지원 부서 사람들이었다.

그렇다면 이 '무능할 확률이 높은 면접관'을 두고 지원자들은 어떤 준비를 하는 게 좋을까? 앞서 말한 것처럼 사업 부서 사람들보다는 인사부나 지원 부서 사람들이 많다. 인사부 사람들은 실무의 디테일한 부분을 잘 모르기 때문에 지원자의 실무적 탁월함, 역량을 판단하는 데는 한계가 있다. 대신 이분들은 회사에서 다양한 인간 군상을 마주하기 때문에 태도에 주안점을 두는 경향이 있다. 면접 시간에 늦지 않는지, 주어진 과제를 성실히 수행하는지, 면접이 진행되는 도중 태도 문제는 없는지. 경력 사원의 경우 또 보는 관점이 다르지만, 신입 사원 면접이라면 자신의 '탁월함'을 강조하기보다는 주어진 과제를 충실히 수행하는 모습을 보여주는 게 좋다. 너무 태도에만 집중되면 또 변별력이 없을 수 있으니 자신만의 차별된 포인트는 갖고 임하는 걸 추천한다.

내 신입 사원 면접장에서의 기억을 떠올려보면 대체로 보통의 지원자였다. 사실 방송국 시험 준비를 하다가 갑자기 취업 준비를 하게 되어서 회사들에 관한 정보가 없는 상태라 취업형으로 잘 준비되어 있지 않은 상태였다. 우리 회사는 내가 방송국 시험을 접기로 마음먹고 두 번째로 원서를 넣은 회사였는데(첫 번째는 삼성이었다. SSAT에서 광탈했다), 회사에겐 좀 미안하지만 어떤 사업을 하는 회사인지 정확히 인지가 없는 상태에서 면접에 임했다.

나중에 최종 합격 통지를 받고 멘토에게 물어봤다. 왜 내가 뽑혔는지 궁금하다고. 그랬더니 멘토가 몇 가지 이야기를 해줬다. 1박 2일 합숙 면접을 하면 멘토(그 회사에 소속된 5년 차 이하 젊은 사원)가 조로 편성된 지원자들을 데리고 다니면서 전형을 수행하는데 그때 멘토랑 가볍게 대화하면서 회사에 관한 관심을 보였던 게 컸다고 한다(멘토는 전형 내내 본인과 점수는 관계없다고 했는데 절대 아니었다). 또 멘토가 면접 대기실 의자를 옮길 때 같이 옮겨주고 급식 먹으러 갈 때 식판을 집어준 이런 것들에 가점을 줬다고 했다. 사실 그런 행동들은 내가 점수를 잘 받으려고 했던 행동은 아니었다. 10년간의 꿈을 접고 들어오는 회사라서 회사가 내 인생에 어떤 가치를 줄지 정말로 궁금했고 입사 후에 후회가 없을지 판단하려고 했다. 또 식당에서 뒤에 오는 사람에게 식판을 건네주거나 뒤에 오는 사람 문 잡아주는 행동은 평소 그렇게 살기 때문에 자연스럽게 나온 행동이다. 점수를 받으려고 한 행동이 아니었다. 평소 내가 지니고 살아온 다정함이 다정한 사람 눈에 띄었을 뿐이다.

5:5 심층 면접 시간이 있었는데 그때 심층 면접 콘셉트가 압박 면접이었다고 한다. 나머지 지원자들은

압박 질문에 당황했는데 나 혼자 침착함을 잃지 않아서 눈에 띄었다고 했다. 앞에서도 말했듯 인생의 큰 시련을 겪고 왔는데 저 정도 질문에 흔들릴까 싶었다. 질문한 사람 눈을 마주치고 또박또박 내 생각을 말했다. 그러다가 다른 면접관들도 나를 쳐다보는 게 느껴지면 면접관 한 명 한 명 눈을 마주치고 '나를 뽑으세요'라고 신호를 보냈다. 5:5 면접에 참여했던 한 면접관을 입사 후에 만났는데, 자신감과 강단이 마음에 들었다고 피드백을 주셨다.

결론적으로, 신입 사원 면접에서 가장 중요한 건 태도라는 거다. 물론 태도만 좋다고 최종 면접에 가서 합격하는 건 아니다. 최종 합격까지 가는 과정에서 필요한 것들이 탁월함, 실력, 태도, 자신감 등 여러 요소가 있는데 합격 확률을 올려줄 한 가지를 고른다면 태도, 그다음으로 자신감이 랜덤으로 걸려드는 면접관 앞에서 주효하다 본다. 성실하고 안정적인 태도로 면접에 임하되 자신이 그간 쌓아온 것들을 자신감 있게 전달하자.

TIP ☀ 면접관들이 면접관으로 온 이유

· 채용하는 업무 분야의 전문성이 있어서(50퍼센트).

· 업무에서 하루이틀 빠져도 무방해서(30퍼센트).

· 지원 부서 인력이라서(20퍼센트).

실제 면접관 중에 '해당 분야 전문가' 인력은 절반 정도다. 업무 역량을 펼치는 것도 합격을 위한 중요한 요소지만 더 안정적으로 합격할 수 있는 비결은 직장인의 기본 소양인 성실한 자세와 겸손한 태도를 보여주는 거다.

저녁엔 좀 쉬게 해주세요

저녁 6시가 되니 면접이 끝났다. 아침 9시부터 저녁 6시까지 점심시간 한 시간을 제외하고 쉬지 않고 면접을 봤다. 하루 종일 긴장했던 상태라 시골 바람 좀 쐬면서 쉬려는데 또 소집 연락이 온다.

강당에 가니 전체 면접관들이 모여 있다. 인사부가 정리한 점수를 보며 다음 전형으로 올라갈 사람들을 추린다. 코드로 지원자를 분류해놔서 이름은 모르지만 면접관들은 대략 누가 누군지 알고 있다. 인상착의나 말투, 태도를 메모해두기 때문에 사람을 헷갈릴 가능성은 낮다.

드디어 회의를 끝내고 방으로 들어가려는데 돈과

장이 내 옷을 끌어당긴다. 간만에 모였는데 술 한잔해야 하는 거 아니냐고 한다. 술을 입에 가득 머금고 돈과장 얼굴에 뱉어버리고 싶지만 염화미소를 지으며 "너무 피곤하네요"라고 에둘러 거절했다.

조용한 방에 들어와 오늘 있었던 일을 정리했다. 연초에 사두고 한 번도 열어보지 못한 다이어리를 꺼내서 면접하면서 있었던 일을 적었다. 어떤 사람들이 눈에 띄었고 어떤 사람들이랑 일하고 싶은지. 보여줄 사람은 없었지만 정리해두면 누군가에겐 도움이 되지 않을까 싶었다.

한두 시간 필기하고 나니 손목이 아파 TV를 틀었다. TV에서는 생전 처음 보는 아나운서가 생전 처음 보는 프로그램을 진행하고 있었다. 요즘 정말 TV를 안 보긴 했구나. 멍하니 화면을 보며 오래간만에 찾아온 원시적 시간을 만끽하고 있는데, 누군가 방문을 쾅쾅 두드린다. 같이 면접관으로 참여한 동기 L이었다.

"시드니, 너 선배들이 오래."

젠장. 가만히 두질 않는군. 돈과장 개인이 부르면 안 가려고 했는데 '선배'라는 단체가 부르면 몸을 움직여야 한다. 기업 문화가 평등한 조직이라 선배 말을 무조건 들어야 하는 건 아니지만 또 찾는다고 하니 나갈 수밖에. 후드티를 하나 둘러쓰고 선배들이 모여 있다는 곳으로 갔다.

온돌방 한편에 손수건 돌리기를 하듯 사람들이 빙 둘러앉아 있다. 쑥스럽게 인사를 하며 자리에 앉는데 제조본부 김도겸 과장님이 종이컵을 내민다.

"시드니! 술 잘 마셔?"

잘 마셔요, 라고 했다가는 앞으로 남은 일정 동안 술자리에 끌려다닐 게 뻔했다. 오랜만에 육아와 실무에서 탈출해서 혼자만의 시간을 보내야 하는데 이 시간을 술로 채울 순 없었다. 게다가 내겐 돈과장과의 에피소드를 재미있게 담아내야 하는 개인적인 숙제가 있었다.

"잘은 못 마시는데…"라고 웅얼거리며 한 잔을 받았다. 그렇게 한 잔, 두 잔, 세 잔. 계속 들이켜다가 정신을 차려보니 거기 있던 선배들 모두에게 손수건 돌리기를 완료했다. 배는 터질 것 같고 자고 일어나면 숙취로 헤맬 것 같았다. 이 와중에 내일 맨정신으로 지원자들을 봐야 한다는 생각에 방에 돌아와 숙취 해소제와 홍삼스틱 한 개를 흡입했다. 그 뒤로 바로 기절, 눈을 뜨니 아침이었다.

준비를 하고 조식을 먹을 식당으로 가는데 돈과장이 보인다. 생각해보니 어제 손수건 돌리기 멤버에 저 사람이 없었던 거 같다. 가볍게 목례하고 그를 지나치는데 그가 내 뒤통수에 대고 큰 소리로 외친다.

"시드니! 나 진짜 삐졌어. 어제 나랑 술도 안 먹어주고."

갑자기 속이 니글거렸다. 어제 먹은 술 때문이 아니라 잿밥에 더 관심이 많은 그와 또 하루 종일 면접을 해야 한다는 생각에. 머릿속에는 상스러운 욕이 가득했다. 하지만 나도 이성적인 사람인지라 입 밖으론 다른 말이 나갔다.

"오늘 드시죠."

내 한마디에 바로 환한 표정을 짓는 돈과장. 평소 같으면 절대 응하지 않겠지만 당신은 내 글의 소재가 되어야 하니 받아주지.

식판을 받아 들고 구석 자리에 앉으니 어제 같이 술을 마신 선배들이 와서 앉았다. 이런저런 이야기를 하는데 우리 본부 욕도 들린다.

"시드니네 본부는 정말 이상해. 거기 사람들도 다 이상해."

다른 건 다 참아도 우리 사람들 욕하는 건 참기가 좀 어려운데. 숟가락을 탕! 하고 내려놓고 일어나 '너네나 잘해!'라고 소리 질렀다면 난 참 멋진 사람이었겠지만 면접관 중에 막내 라인이라 조용히 욕을 들었다. 그러다가 자기들끼리 잔소리를 한다.

"넌 좀 그렇게 하지 마라. 의욕은 있는 거냐."

다른 한 명에게 융단 폭격이 일어나자 자리를 뜨고 싶어졌다.

"저는 이만 일어나겠습니다."

음식이 반 이상 남은 식판을 들며 일어나려는데 선배 한 명이 후드 모자를 잡아당긴다.

"아니야. 누가 온다고 했는데 좀 기다려."

새삼 내가 속한 본부가 평등한 곳이라는 게 느껴진다. 지원 부서들은 업무 전문성이 사업 부서만큼 필요하지 않으니 선후배 기강이 강하다. 우리 본부는 담당 지역 위주로 돌아가서 후배여도 목소리를 낼 수 있다. 선배든 후배든 간에 논리가 있거나 성과가 있는 사람은 따라가야 한다.

식당인지 술집인지 구분이 안 되려는 차, 우리 본부 사람들이 생각났다. 웃기게도 맨날 지지고 볶는 우리 본부가 소중해졌다. 빨리 면접관을 끝내고 회사에 가서 일이 하고 싶다. 얼른 사무실로 돌아가서 진짜 내 일이 하고 싶다.

다신 신입 사원 면접관에 오지 말아야지. 면접도 힘들고 사람도 힘들고 다 힘들다.

TIP ✳ **면접관들이 주로 인상쓰고 있는 이유**

- 익숙하지 않은 환경에서 익숙하지 않은 사람들과 있음.
- 회사에 두고 온 업무나 연락 못 하는 가족이 걱정됨 (핸드폰 압수된 상태).
- 앞의 두 가지 이유로 스트레스를 받아 매우 피곤함.

환승 면접

일반인이 나오는 연애 리얼리티 프로그램이 많지만 최근 들어 가장 재미있게 본건 〈환승연애〉다. 처음 이 프로그램의 제목을 들었을 때는 드라마 〈아내의 유혹〉이나 〈펜트하우스〉급처럼 자극적인 막장 프로그램이라 생각했다. 전 연인과 같은 공간에서 지내면서 타인의 전 연인과 새 연애를 시작한다는 콘셉트가 상상이 안되었으니까.

그런데 실제로 〈환승연애〉는 전혀 막장이 아니었다. 개개인이 지나간 인생을 되짚어보고 새로운 인간으로 태어나는 과정을 담아내는 휴먼 다큐에 가까운 프로그램이었다. 실제 제작진의 개입도 거의 없이 저녁 시간에 서로 호감 가는 상대에게 문자를 보내는 정도만 의무적으로 하면 된다.

1주일 동안 면접관을 참여하면서 이상하도록 〈환승연애〉가 데자뷔 되었다. 지원자들은 두 가지 부류로 나눌 수 있었다. 출연진에게 선택받지 못해 계속 우울감을 느끼며 전 남친에게 상처를 주는 여자 출연자 A, 프로그램 내내 방에서 잠만 자거나 침울해 있지만 그래도 자신의 일을 하며 소신대로 사는 남자 출연자 B. A는 타인의 평가로 자신을 정의하는 사람이고 B는 타인의 평가를 인정하고 받아들이고 소신대로 사는 사람이다.

면접 지원자 중 우리 회사에 자기를 보여주러 온 사람들도 있었지만 '평가를 받으러' 들어온 사람들이 훨씬 많았다. 일단 전자와 후자는 걸어오는 소리부터 다르다. 누가 알아주든 말든 나는 충분히 준비했으니 준비한 걸 다 보여주자는 자세로 들어온 사람과 면접 내내 불안감을 감추지 못하는 사람은 풍기는 향기와 공기의 온도가 확연히 다르게 느껴진다.

지원자 한 명이 기억난다. 이력서를 봤더니 서초구의 명문고, 명문대를 나온 재원이었다. 이력을 보고 꽤 기대하는 상태로 지원자를 기다렸는데, 문을 열고 들어온 순간 적잖이 놀랐다. 면접장 분위기에 압도당했는지 이미 눈가가 촉촉해져 있었다. 발표는 어떻게 마무리했지만 면접관들의 질문이 들어가는 순간부터 손발을 덜덜 떨고 있었다. 준비한 걸 천천히 말해보라고 달랬지만 머릿속에 '망했다'라는 단어만 맴도는지 전혀 말하지 못했다.

면접장에 들어와서 당당하게 자신의 색깔을 보여주고 만점을 받아 간 사람들은 공통점이 있었다. 이력에 쓴 내용들이 경쟁과 관련이 적은 공동체 생활이나 프로젝트 중심으로 스펙을 쌓아온 사람들이었다. 아이러니하지만 경쟁에 많이 노출된 사람일수록 평가받는 걸 두려워한다. 맨날 누구랑 비교되어야 하는 상황에 처해지는 게 익숙해지면 자신감을 잃거나 자칫 잘못하면 남을 무시하는 사람이 될 수 있다. 경쟁보다는 화합하는 자세로 인생을 살아온 사람들이 모일 회會, 모일 사社로 구성된 '회사' 면접에서 유리하다(물론 많은 경쟁을 경험한 지원자들이 유리한 영역도 분명 있을 것이다).

면접 때는 〈환승연애〉의 남자 출연자 B 같은 마음으로 참여하는 게 좋다. 일단 나에 대해서 타인에게 평가를 받되, 내가 아니라고 하면 현실을 받아들이고 다른 길을 찾아가면 된다. 한때 내 세상은 ex(전 연인)만이 전부였지만 실제 알고 보면 세상은 훨씬 더 넓고 기회가 많지 않은가.

면접관으로 참여하다 보니 별것도 아닌 이유로 지원자들이 붙고 떨어지는 모습을 보게 된다. 지방 근무인데 집이 멀다는 이유로, 학벌이 너무 좋다는 이유로, 경력이 너무 길어서 머리가 굳었다는 이유로, 해외 대학을 나왔다는 이유로 등등 매우 다양하다. 어디선가 대우받을 만한 스펙이지만 특정 회사에서는 장점이 아닌 경우도 많다. 그럴 땐 좌절하고 나를 부정하기보다는 그저 인연이 아닌 거니 잊어버리고 다음 스텝을 밟아가면 된다.

TIP ☀ 면접에서 떨지 않기 위한 자세

- 평가를 받는다기보다는 준비한 걸 보여준다는 생각으로 임한다.

· 나도 회사를 선택할 수 있는 권리가 있다는 걸 잊지
  않는다.
· 떨어지더라도 나라는 퍼즐 조각이 다른 퍼즐판에서
  더 알맞게 맞춰질 수 있다 믿는다.

2부

멘탈왕 찾기 대작전:
경력 사원 채용

똑똑, 기피 부서 오실 분?

"제가 부서를 나가겠습니다."

눈앞에는 텅 빈 고량주 두 병과 한 입 베어 문 딤섬이 뒹굴고 있었다. 안개가 낀 것처럼 시야가 흐릿한 것이 만취 상태였지만 이상하게 정신은 냉수마찰 직후처럼 멀쩡했다. 내 말을 들은 부장은 뭉툭한 손으로 큰 얼굴을 가리며 한숨을 쉬었다. 하루 종일 그의 몸속에서 숙성된 담배 연기와 책상에서 들이부은 믹스 커피, 방금 나와 각 한 병씩 까버린 고량주 냄새가 환상적으로 버무려져 시궁창 냄새가 풍겼다. 괴성을 지를 법한 악취에 코를 막으며 고개를 숙였다. 1초라도 늦었으면 질식했을지도 모를 똥 냄새였다.

고개를 늘어트린 내 뒤통수를 향해 부장은 "시드니가 그동안 이렇게 힘든 줄 몰랐다"며 눈물을 글썽였다. 부하 직원을 생각하는 깊은 진정성과 그저 똥 냄새를 피하고 싶은 얕은 심정의 간극에서 웃음이 터졌다. 애써 갈비뼈를 부여잡고 기침하는 척하며 창밖으로 시선을 돌리는데 4월의 봄이 무색하다는 듯 눈이 내리고 있었다. 4월에 눈이 내리는 것도 신기한데 바람의 방향 때문인지 함박눈이 아래에서 위로 올라가고 있었다. 일도 미치겠는데 날씨도 미쳐가는구나. 중력을 거스르는 눈발을 보며 두 달 전 상황이 떠올랐다.

입사 이래 가장 호시절이었다. 매번 법인 담당을 하다가 직수출 지역인 유럽 시장을 담당하게 되었다. 법인 지역 같은 경우에는 채널 운영도 복잡하고 손익을 따져야 하는 요소가 많아서 제품 하나 출시하려고 해도 복잡한데, 법인이 없는 유럽 시장은 최소 마진만 붙이면 내가 원하는 제품을 만들어낼 수 있었다. 크고 작은 부침이 없는 건 아니었지만 회사 오는 게 처음으로 즐거웠다. 올드한 룩을 가진 제품들을 싹 모던한 분위기로 리뉴얼 하고 해외 제품을 개발할 때도 콘셉트 조사를 할 수 있는 프로세스를 마련했다. 덕분에 포상도 받고 조금 늦긴 했지만 승진도 했다. 회사에서 인정을 받으니 더 잘하고 싶어져서 이 부서 저 부서 돌아다니며 제품 수요 조사를 하던 어느 날, 우리 본부 기획부장이 차 한잔하자고 한다. 회사원들은 알겠지만 회사에서의 '차 한잔할래'는 배우자의 '여보, 나 할 말 있어'급의 공포다. 곧 출시할 제품 목업mock-up을 품에 안고 회사 1층 카페로 내려가니 포근한 웃음을 띤 그가 입을 뗀다.

"시드니, 이제 나랑 일하게 되었어."

"그게 무슨 말씀인지. 저 발령 나나요?"

고개를 끄덕이는 기획부장. 사실 그는 내가 회사에서 가장 좋아하는 선배 중 하나다. 그간 같이 일해보고 싶었지만 기회가 없어서 아쉬워하던 차였다. 하지만 그가 속한 기획부로 가는 게 아니라 새로 생기는 팀으로 가는 거였다. 기획부장은 그 팀을 겸직으로 맡게 되었고 팀원으로 날 추천했다.

"무슨 팀인데요.?"

"마케팅 인사이트팀. 줄여서 MI팀이라고 부를게. 앞으로 시장 조사를 하게 될 거야. 원래 우리 회사는 모든 조사를 외주로 줬는데 조사 결과가 겹도는 내용이 많아서 그룹사 전체에 있는 모든 회사가 조사를 내재화하기로 했어. 일단 정식 팀은 아니라 내가 겸직 팀장을 할 거고, 직원 추천을 받았는데 시드니가 가장 적합할 것 같아."

새로운 팀에 가는 건 두려웠지만 모래알처럼 많은 직원 중에 나를 선택해줬다는 것에 관해 괜스레 기분이 좋아졌다. 딱히 입사하고 눈에 띈 기억은 없는데 최근 열심히 제품을 만들었던 게 보람찬 순간이었다.

슬프게도 희망의 순간은 잠깐이었다. MI팀에서 해야 하는 조사 업무의 난도는 상상을 초월했다. 일단 회사에 관련된 시스템이 하나도 구축되지 않았다. 조사 의뢰서RFP를 쓰는 법도 몰랐고 업체 비딩도 처음 해보는 일이었다. 그리고 무엇보다 MI팀이 생기자마자 조사 의뢰가 쏟아졌다. 기획부장과 함께 쳐낸다고 쳐냈지만 동시에 열 개의 조사가 돌아갔다. 혼자 감당할 수 없는 상태가 와서 발령 한 달 후에 기획부장과 면담을 했다. 내 고충을 들은 기획부장은 잠시 머뭇거리더니 입을 열었다.

"음 그래, 힘들지? 하과장이 아마 이번에 부장이 될 것 같은데 그 부서로 가면 좀 괜찮지 않을까?"

하과장. 같은 층에 근무하는 선배였지만 거의 접

점이 없는 분이었다. 항상 표정이 굳어 있고 위엄이 있는 느낌이랄까. 이 본부에 10년 넘게 있었는데 밥도 한번 안 먹어본 분이었다. 내 부장이 된다는 사람에 관한 정보가 전혀 없어서 주변 사람들에게 수소문해보니 사회적인 스타일은 아니지만 끊고 맺음이 분명한 사람이라 나랑 잘 맞을 거 같다는 의견이 대다수였다. 일단 나랑 맞든 안 맞든 우리 부서는 충원이 필요했고 일을 쳐내줄 관리자가 필요하긴 했다. 얼마 후 하과장이 우리 부서 부장으로 발령이 났다. 하부장도 내가 팀원이라는 말을 듣고 꽤 긴장한 모양이었다. 아무래도 내가 고분고분한 타입은 아닌지라 첫 관리자로서 난도가 상당한 편이었으니까. 어쨌든 MI팀은 방금 승진한 하부장, 나이렇게 두 명이 꾸려가게 되었다.

맺고 끊기를 잘한다는 평과 달리 하과장은 하부장이 되자마자 의욕이 넘쳤다. 하부장은 들어가는 회의마다 타 부서에서 요청하는 조사 의뢰를 받아 왔다. 열 개 남짓이었던 리스트는 30개가 되어가고 있었다.

"부장님, 지금 이게 정상이라고 생각하세요?"

결국 테헤란로의 홍콩식 딤섬집에서 하부장을 코너에 몰아넣고 화를 냈다. 그는 열 살 많은 부장에게 이런 태도가 합당한지 반문했다. 내가 하는 실무적 부담에 대해서는 답을 회피하고 내 날 선 태도에 대해서만 지적했다. 도망가는 사람을 막을 방법은 코너에 모는 것뿐이다.

"더 이상은 못 하겠습니다. 제가 나갈게요. 내일 실장님이랑 면담할게요."

하부장은 얼굴을 감쌌다. 우리 회사에 특이한 평가 지표가 있는데, 처음 관리자가 된 사람의 직원이 부서를 나가거나 퇴사하면 관리자 점수에서 감점이 된다. 사실 그걸 알고 저렇게 행동한 건 아니었다. 그저 이렇게 일하면 죽을 것 같아서 살려달라는 신호였다. 코너에 몰린 하부장은 눈물 젖은 딤섬을 입속에 쑤셔 넣으며 한 달 안에 충원해주겠다고 했다. 다음 날 하부장은 나 들으라는 듯이 인사부에 전화를 걸어 경력 사원 채용을 요청했다. 돌아오는 답은 아직 경력 사원 채용 시즌이 아닌 터라 일단 내부 공고부터 내보라는 거였다. 후배를 받을 수 있다는 설렘에 망고 보드를 열어 열심히 공고문을 썼다.

'소비자의 마음이 궁금한 사람 누구든지 오세요!'

결론적으로 소비자의 마음이 궁금한 사람은 없었

다. 텅 빈 신청함을 보며 마음속에서 검은 기운이 몰려왔다. 그동안 후배들에게 밥을 얼마나 사줬는데, 조사 업무가 얼마나 가치 있고 회사에 필요한 일인데 다들 관성대로만 일하려고 하는가.

이렇게 인원을 충원하려고 힘을 쏟는 사이, 영업 부서에서는 조사 결과가 늦어져서 사업 계획도 못 짜고 매출도 못 한다는 희대의 개소리를 늘어놓기 시작했다. 그 말을 하는 부서를 찾아가 따져 물었다.

"진짜 저 때문에 사업 계획을 못 쓰세요? 애초에 계획한 게 없는 건 아니고요?"

내 태도는 무너지고 있었다. 불쌍한 하부장은 내가 따진 부서를 쫓아다니며 사과했다.

"시드니가 원래 저런 애는 아닌데, 지금 좀 힘든가봅니다."

결국 하부장은 본부장, 실장들을 설득시켜 우리 부서만 경력 채용을 내게 만들었다. 인사부에 제출할 채용 공고문을 쓰니 마음이 조금은 누그러지긴 했지만 그러면서도 씁쓸했다. 내가 한계에 다다랐다는 건 부장, 실장 모두 알고 있었을 텐데 이 정도로 난리를 쳐야 겨우 들어주다니. 다들 알아서 해주면 안 되는 걸까? 여전히 마음속엔 분노만 가득했다.

본부 기획부와 인사부 검토 과정을 거쳐 드디어 채용 사이트에 우리 부서 경력 사원 채용 공고가 나왔다. 제발 내 부담을 덜어줄 귀여운 후배님이 들어오길 간절히 기다리며 매일매일 채용 사이트에 접속했다.

경력 사원 공고를 보면 기억해야 한다. 채용 공고가 나는 부서는 대부분 분위기가 최악인 상태다. 내부 사람들이 기피하는 일이거나 몰린 업무로 인해 후천적으로 성격이 매우 더러워진 사람(나)이 기다리고 있다.

TIP ◈ 경력 채용(또는 소규모 회사)

· 내부 인력의 기피 부서가 공고로 올라올 확률이 높다.
· 사업을 확장하는 경우라 시스템이 없을 확률도 높다.
· 기본적으로 경력 채용은 험지 출마를 의미한다. 마음 단단히 먹기.

시부야 스크램블 같은 서류 심사

도쿄 시부야구에 가면 '시부야 스크램블'이라 불리는
교차로가 있다. 여러 방향의 횡단보도 신호가 동시에
바뀌는 곳인데, 파란불로 바뀌는 순간 모든 곳에서 사
람들이 벌 떼처럼 쏟아진다. 정신을 똑바로 차리지 않
으면 친구를 잃어버리거나 가려던 방향으로 갈 수 없는
카오스 상황이 생기기도 한다. 그래서 도쿄에 갈 때마
다 시부야 스크램블은 최대한 피해서 다닌다. 시부야
츠타야(서점)를 가야 하는 날에도 시부야역에서 가기보
다 아오야마 방향에서 걸어가곤 한다. 도쿄에서 피하고
싶은 장소를 하나 뽑는다면 단연 시부야 스크램블이다.

　지금 서류 심사를 보는 이 공간은 딱 시부야 스크

램블 속 같다. 창문이 없는 작은 공간에 네 명이 앉아 빼곡한 지원서를 읽고 있다. 지원자들이 서류를 제출해줘서 감사한 마음이지만 그것도 한두 개 읽고 나니 앞에 있는 건 노트북이고 눈에 들어오는 건 글자라는 거 외에 아무것도 느껴지지 않는다. 새하얀 바탕에 둥둥 떠다니는 글자를 보며 나와 함께 일할 보석을 찾아내야 하는데 정신은 점점 혼미해지고 있다.

　게다가 앞에는 하부장이 앉아 있다. 서류 심사 들어오기 직전에 하부장과 난상 토론을 벌였다. 시장 조사 설계를 하는데 의견이 완전 반대다. 마음은 그의 의견을 받아들이고 싶지만 도저히 프로세스상 받아들일 수 없었다. 모두가 있는 사무실에서 소리를 높였다. 하부장도 못 참겠는지 소리를 질렀다. 그러다가 인사부 전화를 받고 회의실로 끌려온 거였다. 다행히 하부장과 나는 프로 직장인이라 싸운 티를 내지 않고 서류 심사장에 앉아 있는데 자꾸 눈앞에 앉아 있는 하부장의 단점이 보였다. 눈을 겨우 가리는 안경테, 입 옆으로 퍼진 버짐, 1초에 한 번씩 만지는 코, 자꾸 내 정강이에 닿는 그의 뜨거운 발까지, 도저히 거슬려서 글자를 읽을 수가 없었다.

다행히 단둘이 있는 게 아니라 인사부 담당자 두 명과 함께 서류 심사를 했다. 입사한 지 5년 정도 된 파릇파릇한 인사부 대리와 1년 선배인 인사과장과 함께였다. 채용 공고를 쓰면서 선배 과장에게 도움을 많이 받아서 고마웠는데 서류 심사까지 함께해줘서 감동받았다. 채용 공고를 인사부에 제출할 때만 해도 불안불안했다. 이걸 보고 몇 명이나 접수를 할까. 다행히 생각보다 지원서가 많이 들어왔다. 한 명을 뽑는 공고였는데 40여 개 서류가 접수되었고 인사부에서 자체 기준에 따라 절반을 추려서 가져왔다.

그런데 K팀장의 서류가 안보였다. K팀장은 대형 조사업체 팀장으로, 우리가 공고를 내자마자 공고가 난 사실을 알고 관심을 보였다. 업무로 만날 때마다 채용에 관한 질문을 해서 당연히 서류를 냈을 줄 알았는데 서류 심사 대상에 이름이 없어서 인사부 대리에게 물어봤다.

"K팀장님은 서류 안 내셨어요?"

"아, 그분은 서류 내셨어요."

"근데 왜 여긴 없는 거예요?"

들어보니 기구한 사연이 있었다. 우리 회사의 채

용 절차에서는 서류 제출과 함께 일종의 인적성 테스트를 실시하는데, K팀장은 거기서 탈락했다고 했다. 사실 그 테스트에서 탈락한 사람은 K팀장이 유일했다고 했다.

"아마, 해외 대학을 나오셔서 좀 이해를 못 하셨을 수도 있어요."

맞다. K팀장은 미국에서 대학을 나왔다. 아이비리그는 아니지만 그래도 이름 들으면 알 만한 대학을 나온 수재여서 이번 채용에서 누군가 뽑힌다면 그 사람이 될 거란 생각도 했었다. 나이가 나보다 많아서 어떻게 역할 분담을 할지 고민하고 있었는데 서류 전형 전 과정에서 탈락했다니 의외였다.

K팀장이 탈락했다는 소식을 들으니 마음이 더 급해졌다. 일단 내가 할 수 있는 일은 서류를 꼼꼼하게 잘 읽어서 K팀장보다 뛰어난 실무자를 채용하는 거였다. 그런데 요즘 숏폼을 많이 봐서 그런지 글자 읽는 게 고역이었다. 그래도 '일 잘하는 센스 있고 똘똘한 직원'을 찾아야 했기 때문에 아메리카노 더블샷을 몸에 때려 넣으며 지원자들의 서류를 읽어나갔다. 사람마다 기준은 조금 다르겠지만 내가 핵심적으로 본 건 키워드와 연관

성이었다. 채용 공고에 올라온 키워드와 부합하게 이력서를 쓴 사람 위주로 추렸다.

또한 진행한 프로젝트 수가 많은 사람보다는 프로젝트 규모를 봤다. 소비 규모가 큰 소비재를 갖고 한 조사나 참여 인원 수가 많은 규모화된 경험을 위주로 봤다. 그래야 프로세스대로 일을 할 줄 알면서 많은 사람과 소통이 가능할 거라 생각했다.

처음 심사장에 들어왔을 때는 "이걸 언제 다 봐요" 하고 울며 시작했지만 시간은 흘러 어느 정도 1차 면접 대상이 추려지고 있었다. 인사부 대리에게 점수표를 제출하니 그는 네 명의 점수표를 취합해서 화면에 띄웠다. 계산된 점수판에는 1등부터 4등까지가 노란 음영으로 올라와 있었고 신기하게도 1등부터 4등 정도까지는 대체로 준 점수가 비슷했다. 문제는 5등이었다. 1차 면접에 다섯 명을 올려야 하는데 5등에 올라간 지원자가 두 명이었다. 둘 중에 누굴 올려도 이상하지 않았는데 두 사람의 경력과 포트폴리오가 달라 우리가 선택을 해야 했다.

여기서 또 하부장과 내 의견이 갈렸다. 하부장은 경력이 긴 사람을 올려야 한다고 했다. 그래야 관록도 있고 통찰력도 있어서 안정적으로 업무를 할 수 있다고 했다. 하부장의 말에도 일부 공감은 하지만 내 의견은 달랐다. 경력이 짧더라도 규모 있는 소비재 조사를 해본 지원자가 우리 회사에 알맞다고 생각했다. 우리 회사는 조사 기능을 내재화해야 하는데, 관록 있는 상급자도 좋지만 가장 밑단의 실무를 많이 해본 주니어 사원이 더 알맞다고 생각했다. 게다가 주니어 사원들이 새로운 회사에 적응하는 유연성도 더 컸다.

하부장, 인사 담당자 등과 토론을 벌이고 있는데 갑자기 현타가 왔다. 내가 왜 일면식 없는 사람들을 뽑아달라고 애써야 하는가. 〈프로듀스 101〉에서 안무가 배윤정이 미야와키 사쿠라의 어설픈 춤사위를 보고 "나 믿고 A 주자"라고 했던 게 생각났다. 내가 올리자고 주장하는 지원자에 관해 아는 건 없지만 뭔가 뽑아야 하는 기운이 몰려왔다. 이번 채용을 뽑힌 사람은 다른 부서에 가는 것도 아니고 나랑 붙어서 일할 사람 아닌가. 무엇보다 내 의견이 가장 중요하다고 어필했다. 결국 착한 하부장은(갑자기 수식어 바뀜) 내가 요구했던 지원자를 1차 면접 대상으로 올리자고 했다. 오로지 서류로만 접한 지원자를 올렸을 뿐인데 이상하게 뿌듯하고 마음이 편안해졌다.

시부야 스크램블은 사람이 많으면 위험하고 정신 없지만 사람이 없는 새벽이나 늦은 저녁에 가면 오히려 마음이 차분해진다. 보행자가 적은 스크램블 교차로는 안전한 데다 대각선으로 건널 경우 횡단 거리와 대기 시간이 줄어드니 훨씬 효율적이다. 그때 오는 평온함처럼 여러 명의 지원자를 서서히 줄여나갈수록 불안이 희망으로 바뀌고 있었다.

TIP ◈ 서류 작성 시 심사자들을 생각한다면

· 소개서의 문장은 짧게, 이력은 굵직한 것 위주로 쓴다.
· 자신을 관통하는 키워드를 한두 개만 정해서 집중적으로 풀어쓴다.

우리 팀원들보다 나은 사람은 어디에

신입 사원과 달리 경력 사원 실무 면접은 급속히 진행되었다. 금요일에 서류 통과자에게 안내문이 나가고 바로 다음 주에 1차 면접이 진행되었다. 경력 사원의 경우 현직자인 데다 바쁜 실무를 소화하는 사람들이라 일정 조율이 쉽지 않았을 텐데 서류 통과자 전원이 면접에 참석했다.

인사부 담당자에게 원래 이렇게 참석률이 높냐고 물어보니 예전에는 불참하거나 지각하는 사람들이 한두 명 있었다고 한다. 그런데 요즘은 '평생 직장' 개념이 없어지고 MZ세대의 이직 붐 탓인지 불참 인원이 거의 없다고 했다. 한 회사에 10년 넘게 다니는 내 입장에서 새로운 도전을 하는 그들이 멋져 보였고 채용 사이트에 들락거리는 부지런함이 존경스럽기까지 했다.

내 경외심과 달리 그들을 평가해야 하는 입장에 섰다. 신입 사원 면접관을 할 때부터 느꼈지만 나부터 제대로 된 인간이 아닌데 누군가를 평가해야 한다는 것이 부담스럽고 불편했다. 남의 의견 하나 온전히 수용하지 못하는 내가 누굴 평가한다는 건지. 주어진 일정이 있으니 내 인간성과 역량을 떠나서 일단 면접관으로 참여했다.

전반적으로 경력 사원을 채용하는 면접장의 분위기와 방식은 신입 사원 채용과 비슷했지만 번갯불에 콩 볶아 먹듯 짧은 시간에 평가하던 신입 사원 면접과 달리 경력 사원은 최소 30분에서 한 시간 정도 심층 면접을 볼 수 있었다. 초인적인 집중력을 발휘해야 했던 신입 사원 때와 달리 지원자와 담소를 나누듯 진행할 수 있어 스트레스는 덜했다.

게다가 신입 사원 면접 때 책상 위에 있던 초시계나 알림 벨이 없었다. 인사부 담당자가 지원자를 방에 들여보내주면 면접만 보면 되었다. 지금 생각해보면 신입 사원 면접관은 정말 고난스러웠다. 20대 초중반의

열매들을 보는 신선한 기분은 잠시, 솔직히 다시 하라고 하면 못 할 것 같다.

똑똑. 바깥에서 노크 소리가 들리고, 상기된 얼굴의 지원자가 들어오면서 면접이 시작되었다. 첫 번째 지원자는 우리 산업군과 다른 회사에서 온 사람이었다. 산업군은 달랐지만 해외 마케팅 조사를 담당했던 이력이 있었고 채용하려는 직급과 연차가 맞아떨어졌다. 면접관들은 이직 사유와 그의 포트폴리오에 관해 질의를 했는데, 지원자는 지금 하고 있는 일을 줄줄이 나열할 뿐 조사 업무에 관한 깊은 이해가 부족해 보였다. 치명적인 건 우리 회사가 어떤 회사인지 정확한 인지조차 없었다. 한마디로 준비가 안 된 지원자였다.

두 번째 지원자는 조사 회사 출신이었다. 사실 나로서는 두 번째 지원자가 좀 어려운 면접 상대였다. 조사 업무에 관한 질문에 관해 막힘이 없고 태도도 좋았다. 다만 조사 경력이 길고 현재 팀장급 재직 중이라 채용 중인 직급과 괴리가 있었다. 우리 회사가 채용하고 있는 직급은 대리급이었다. 팀장으로 일하다가 '대리'가 되면 과연 이 사람이 적응할 수 있을까 걱정되었다.

서류를 꼼꼼히 봐서 그런지 전반적으로 지원자들

은 괜찮았다. 누구든 실무에 투입해도 문제없을 느낌이
랄까. 문제는 우리가 완벽한 육각형을 찾고 있다는 거
였다. 지원자를 평가하는 지표는 여섯 개였다.

① 회사에 관해 이해했는가
② 해당 분야 전문성이 있는가
③ 포트폴리오로 인한 성과가 있는가
④ 채용하는 직급과 연차가 맞는가
⑤ 태도가 괜찮은가
⑥ 옷차림이 단정한가

두세 개 정도 척도가 만점인 사람들은 있었지만 꽉 찬
육각형은 없었다. 잠시 휴식 시간이 생겨 답답한 면접
장을 떠나 탁 트인 사무실로 가니 우리 본부 주니어 사
원들이 점심을 먹으러 가고 있었다. 딱 저런 사람들을
뽑고 싶은데. 우리 본부 직원들은 볼수록 탁월하다. 누
군가는 내게 후배들을 고평가한다곤 하지만 아무리 생
각해도 멍청하게 입 닫고 살았던 우리 동기들과 달리
요즘 주니어 사원들은 효율과 논리를 요구하는 똑똑한
사람들이다. "까라면 좀 까"라는 상사들과 "이 일을 왜

제가 해야 하죠?"라고 물어대는 세대 사이에 끼어 고달
플 때도 있지만 나보다 어린 사원들이 스마트해지는 건
좋은 일이었다. 그래야 나중에 내가 팀장 되고 부장 되
고 실장이 되면 일하기 좋아질 테니까. MZ라고 싸잡아
서 이기적이라고 하기 전에 그들의 장점을 잘 활용하는
방법을 고안하는 게 '효율적'이다.

　아무튼 우리 본부 주니어 정도 되는 경력 사원을
뽑고 싶었다. 나한테 개겨도 되고 화내도 되니까(나도
하부장에게 화내고 있으니) 사고가 말랑말랑하면서 일 처
리가 깔끔한 그런 사람 어디 없는지.

　게다가 저 사람들은 내가 낸 내부 충원 공고를 거
부한 사람들 아닌가. 우리 부서에 안 온다는 사람들에
게 보란 듯이 더 괜찮은 사람을 뽑고 싶었다. 안타깝게
도 뒤이어 본 지원자 중에 육각형 미남, 미녀는 나타나
질 않았다. 그나마 두 번째 지원자가 가장 나았는데, 나
보다 여섯 살이 많아 내 업무를 팔로우하는 역할이 가
능할지 물음표였다.

　반 포기 상태로 서류를 만지작거리고 있는데 마
지막 지원자가 들어온다.

　수줍은 미소로 다가와 지원자 자리에 앉는 그녀.

바람이 불면 날아갈 것 같은 깡마른 몸에 맥없어 보이는 창백한 얼굴. 옆에 앉은 면접관과 '망했다'는 눈빛 교류를 하고 형식적인 자기소개를 주문했다. 그녀의 작은 입술이 움직이고 10초 후, 구부정히 앉아 있던 자세를 고쳐 앉았다. 그리고 마음속으로 조용히 외쳤다.

드디어 만났다. 나의 육각형.

TIP ◈ 경력 채용 면접 시 강조할 부분

이 회사가 채용하는 포지션에 자기가 얼마나 부합한지 어필할 것. 부족한 부분을 자신이 어떻게 채워줄지 객관적으로 설명할 것. 단, 신입 사원은 절대 이 방법을 쓰면 안 된다. 어설퍼 보인다.

최종 1인 선발을 위한 대전쟁

최종 면접에는 두 명이 올라갔다. 1차 면접에서 두 번째 지원자였던 재직자(팀장급)와 육각형 그녀(대리급). 둘 다 탁월한 지원자였지만 회사 사정상 한 명만 충원 가능했다. 하부장은 MI팀이 신생부서인 데다 프로세스를 잡아줄 노련한 사람이 필요하다 판단했고, 나는 내 부족한 부분을 실무적으로 보완해줄 주니어가 더 필요했다. 사실상 조사 프로세스는 내가 직접 운영하면서 잡아나가고 있었다. 팀장급이 입사하게 되면 본인의 경험에 기반하여 프로세스를 조정하려고 할 텐데 이미 구축된 회사 시스템과 충돌할 가능성이 높아 보였다. 차라리 조사 실무 경험이 많은 대리급을 채용해 내 밑에 두면서 회사의 조직 문화와 ERP 시스템을 가르치면서 융화시키는 게 실익이지 않을까 싶었다.

나도 그렇고 부장도 의견을 꺾지 않았다. 마치 유치원 학예회에 내 자식을 센터에 세워달라고 우기는 학부모처럼 목에 핏대를 세우며 각자 주장하는 사람을 관철하려고 했다. 하부장은 날 리드할 사람이 필요하다고 했지만, 난 리드할 사람은 하부장 당신으로 충분하다고 했다. 실제 하부장은 날 전혀 리드하지 않았지만 "훌륭하고 통찰력 있는 하부장님만 따라가면 되지, 팀장급까지 오면 태양이 두 개인 꼴이 된다"며 마음에도 없는 하부장 치켜세우기까지 시전했다(그만큼 육각형 그녀가 간절했다). 우리의 설전이 우습듯, 우리 둘 다 최종 면접관은 아니었다.

최종 면접관은 인사 담당 S실장과 우리 본부에 소속된 기획실장, 마케팅실장까지 총 세 명이었다. 우리 회사의 경우 신입 사원 최종 면접에는 사장님이 등장하지만 경력 사원 채용에서는 최종에 임원급 정도만 참여한다.

드디어 면접 당일, 내가 지원자도 아닌데 가슴이 떨린다. 팀장급이 노련해서 실장님들이 점수를 잘 주면 어떡하지? 대리급 지원자가 어린 데다 깡말라서 떨어트리면 어떡하지? 하며 불안감에 일이 잡히지 않았다. 게다가 하부장, 저 고집 센 양반이 실장들에게 팀장급을 뽑으라고 추천했을 것 같은 망상까지 떠올랐다.

최종 면접이 끝나고 우리 본부 실장님들이 등장했다. 실장 중에 평소 친밀한 기획실장님에게 쪼르르 달려가 누가 합격했는지 물었다.

"내는 모르는데? 점수표만 냈지. 옝언? 그 사람이 괜찮트라."

내가 알기로 지원자 중에 '옝언'이라는 사람은 없는데 대체 누구를 말하는지 알 수 없었다. 생각해보니 팀장급 지원자 이름과 좀 비슷하기도 하고, 아무래도 하부장이 원하는 대로 흘러갈 것 같았다. 좌절한 상태로 인사부 담당에게 결과가 언제 나오는지 물었다. 누가 오든 간에 일을 덜어주기만 한다면 상관없다는 정신승리와 함께. 인사부에서는 점수표 취합은 완료되었고 최종 평판 체크 후에 합격자 안내를 주겠다고 했다.

퇴근길에 육각형 그녀가 아른거린다. 결혼 전 연애할 때도 이렇게 누군가가 아른거린 적은 없었다. 내가 10년 동안 갈고 닦은 노하우를 모두 알려주고, 난 그녀에게 전문적인 스킬을 전수받고 상호 시너지가 나는 아름다운 우리 부서의 모습을 그렸는데 50대 가까운 하부장과 마흔 넘은 왕언니를 모실 생각을 하니 가슴이 답답해졌다.

하부장과 새로 온 팀장님을 모시고 부서 모임을 한다. 커피 심부름을 해야 한다면 그건 나일 거고, 법인 카드를 처리해야 한다면 그건 내 일이다. 업체를 만나면서 우리 회사가 어떤 회사인지 목 터지게 설명해야 하는 사람이 있으면 그건 나일 거다. 하부장과 팀장님은 팔짱 끼고 내 모습을 보고 있다가 부연 설명이나 좀 하겠지. 근데 나 또 막내네? 막내 8년하고 겨우 한 달 동안 막내 탈출(이라고 하기엔 1인 팀)을 했는데 다시 막내다. 며칠 우울한 미래를 그리며 멘탈이 나가 있는데 하부장이 나를 부른다.

"시드니, 이리 와봐."

"네."

앞에서 살짝 비난은 했지만 사실 하부장은 정이 많고 따뜻한 사람이다. 평소 길길이 날뛰던 애가 시한부 선고받은 듯 축 처져 있으니 신경이 쓰였나 보다. 애써 미소를 지으며 그에게 가는데 매사 딱딱한 얼굴의 하부장이 장난스러운 표정을 짓는다.

"시드니, 누가 되었을 거 같아?"

"음… 설마?"

순간 느낌이 왔다. 하부장은 나와 지원자에 관해 설전을 벌이면서 대리급 지원자가 지인 아니냐고 물어봤다. 맹세코 모르는 사람이었다. 그녀를 강하게 주장했던 이유는 현재 내 업무 상황에서 그녀가 톱니바퀴처럼 딱 들어맞았을 뿐이었다.

"맞아. 그 어린 친구가 되었어."

최종 합격자는 육각형 그녀였다. 양손으로 코와 입을 가렸다. "무슨 일이야?" 하고 옆 부서에서 물어보지 않았다면 소리를 지를 뻔해서. 분명 최종 면접관들이 팀장급 지원자를 선호했었는데 어떻게 된 건지 궁금해졌다. 바로 인사부 담당자에게 메시지를 보냈다.

"사실 두 분 점수가 비슷했어요. 본부 실장님들 점수도 거의 비슷했고요. 그런데 저희 인사실장님이 팀장급 지원자는 회사에 오래 다니지 않을 것 같다고 하셨어요. 커리어는 훌륭했지만 이력을 보니 3년 이상 근속한 회사가 없더라고요. 반대로 대리급 지원자는 한 회사를 5년 다녔고 지금 하고 있는 프로젝트를 구체적으로 설명해줬어요. 다들 여러 고민을 하셨는데 아무래도 이번 경력 채용은 회사에서의 성장 가능성을 고려할 수밖에 없었고 그 측면에서는 대리급 지원자가 낫다고 판단하신 것 같습니다."

역시 인사실장님! 사실 인사실장님을 이번에 처음 알게 되었는데 내 마음을 관통하는 듯한 결정을 해주셔서 놀랐다. 회사에 사람들이 종종 인사부를 무시하곤 하는데 (실무 이해 없이 사람 뽑는 일만 하니까) 그들의 가치는 돈을 벌어오는 실무자 이상이었다. 회사의 인재라는 부가 가치를 지속적으로 만들어내는 사람들이니.

결과가 나온 당일 인사부는 육각형 그녀에게 합격 통지를 줬고 그녀는 흔쾌히 입사를 결정했다고 했다.

"그러면 멘토가 시드니가 되겠네요. 잘 부탁해요."

"잘 부탁하긴요. 제가 감사하죠."

그녀의 전화번호를 받아 들고 바로 저장했다. 카톡 프로필에 뜬 육각형 그녀는 막 심은 나무처럼 파릇파릇하고 싱그러웠다.

최종에 올라올 정도면 역량 차이는 거의 없다고 봐야
한다. 다만, 회사의 채용 방향성과 부합한 사람이 채
용된다. 혹여 최종에서 떨어진다면 이 회사의 방향성
과 안 맞는 것이지 자신이 부족한 게 아니다.

사람 하나 잘 뽑으면 인생이 핀다

"안녕하세요. ○○회사입니다. 이예은 씨 맞으시죠?"

드디어 육각형 그녀의 이름을 불렀다. 기획실장님의 "옝언"은 예은이었다. 경상도 출신인 실장님이 '으' 발음이 안 되는 바람에 다른 사람으로 착각했다. 육각형 예은 씨의 목소리는 당차던 1차 면접 때와 달리 앳되고 낭랑했다. 간단히 내 소개를 하고 지정한 날짜와 시간에 회사로 와달라고 했다. 예은 씨는 조심스럽게 몇 가지를 물었다.

"첫날 제가 주의해야 할 게 있을까요?"

"음, 인사만 잘하면 돼요."

"인사요?"

"네. 인사만 잘하면 됩니다, 일단."

나중에 예은 씨에게 들었지만 인사만 잘하라는 말이 꽤 인상적이었다고 한다. 옷을 단정히 입어라, 일을 잘해라 이런 말을 들을 줄 알았는데 인사만 잘하면 된다니. 사실 경력 사원들이 회사에 들어오면 텃세부림을 당할까 봐 목을 꼿꼿이 세우고 있는 경우가 많다. 완전 바보 같은 생각이다. 그러면 아무도 당신을 도와주지 않을 거다.

이왕 새로운 회사에 적응할 거면 진입 장벽을 낮춰야 한다. 진입 장벽을 낮추는 가장 효율적이고 효과적인 방법은 인사를 잘하는 거다. 웃는 얼굴에 침 못 뱉는다는 말처럼 인사 잘하는 새 멤버에게 마음을 열지 않을 사람은 없다.

예은 씨가 입사하고 한참 후에 본부장이 와서 물었다.

"예은 씨는 왜 이렇게 인사를 잘해?"

제가 인사를 잘하라고 가르쳤다고 생색내고 싶었지만 좀 쑥스러워서 이렇게 답했다.

"부모님이 교육을 잘하신 것 같습니다."

"오, 그렇군. 부모님이 훌륭하시네."

본부장과 내 대화를 옆에서 듣던 예은 씨가 갑자기 키보드를 두드린다. 순간 컴퓨터 화면에 내 심장을 쿵 떨어뜨리는 단어 하나가 점멸한다.

'엄마?'

저만한 딸을 둘 나이는 아니지만 선배의 보은을 기억하고 센스 있게 응답해주는 그녀의 말에 미소가 지어진다. 사실 인사나 예의는 가르친다고 되는 것도 아닌데, 자신의 장점이라고 뽐내도 되는데 겸손한 마음으로 공을 내게 돌리는 그녀.

그녀는 내 사랑과 관심을 듬뿍 먹고 회사에 환상적으로 적응해서 현재 한 팀의 주축 역할을 하고 있다. 내가 직접 채용한 사람이 많지는 않지만 가장 우수한 사례로 뽑을 수 있을 정도다. 그 뒤로 내가 '사람 잘 뽑는다'는 소문이 돌아서 전혀 상관없는 부서의 면접관으로 간 적도 있다. 육각형 그녀는 본인이 잘했지만 동시에 그녀가 잘하니 내 평판까지 올라갔다. 이래서 사람을 뽑을 때는 심혈을 기울여서 열심히 해야 한다. 일뿐 아니라 종합적으로 내 인생에 영향을 미치니까.

사실 내가 신입 사원 면접관으로 가게 된 것도 예은 씨 영향이 일부 있었다. 예은 씨는 어딜 가나 사랑받는 스타일이라 혼자 관심을 받아도 되는데 자신의 말 마지막에는 항상 멘토인 내 칭찬을 했다. 난 기억도 나지 않지만, 그녀가 회사 적응을 하는 데 내가 큰 역할을 했다는 것. 본인이 이 회사에 급속도로 적응하게 된 비결이 바로 나한테 있다는 거다.

의식적으로 한 행동은 아니지만 그녀를 적응시키는 데 활용한 방법이 있긴 했다. 대한민국 사회에서 절대 끊을 수 없는 인연들이 있다. 바로 혈연, 지연, 학연 그리고 동갑.

그녀의 집은 서울시 목동이었다. 회사에서 목동 출신을 찾는건 너무 쉬웠다. 목동 출신들은 자신들이 목동 출신이라고 떠들고 다닌다. 그들에겐 목동에 관한 애정과 자부심이 있다. 아는 목동 사람들을 모아서 점심을 사줬다. 대화하다 보니 서로 같은 중·고등학교를 나온 사람들이었다. 금세 친해지더니 나 없이도 밥을 먹고 어느새 서로 반말하고 있었다. 저 정도로 깊게 친해지라는 건 아니었는데 목동인의 결속력에 한 번 더 놀랐다.

두 번째는 같은 대학이었다. 예은 씨가 졸업한 학교는 우리나라 상위권 대학 중 하나였는데 우리 회사에 그 학교를 나온 사람이 적었다. 수소문을 통해 그 학교를 나온 사람들을 찾았고 점심을 또 사줬다. 학연은 생각보다 결속력 있진 않았지만 그녀가 회사를 안심하고 다니는 데는 기여한 것 같았다. 그리고 친구들. 예은 씨는 90년대 중반에 태어났는데 그 연도에 태어난 직원들을 이어줬다. 친구끼리 있으면 왠지 마음이 편하니까. 어디 가서 같은 띠만 만나도 반가운데 동갑을 만나면 얼마나 더 반가울지. 친구 보러 학교 가는 날도 있듯이 일이 힘들더라도 친구 보러 회사에 와주길 바라는 마음에 동갑내기들을 이어줬다.

예은 씨는 9개월 정도 같이 근무하고 다른 부서로 갔다. 처음 내가 뽑은 경력 사원이라 마음이 많이 간다. 그 뒤로 내가 채용한 사람들이 더 있었는데 다들 회사에 잘 적응해서 다닌다. 잘난 척 같지만 사람 보는 눈이 있는 것 같긴 하다. 오히려 실무 쪽보다는 이쪽에 더 역량이 있는 게 아닐까. 다음 인사 이동 시즌 때는 HR 채용 파트에 지원해볼까 싶기도 하다.

TIP ◈ 이직한 회사에서 잘 적응하는 법

· 인사를 잘한다.

· 인사를 잘한다.

· 인사를 잘한다.

고스펙 메기남은 결국

대단한 대학, 대단한 스펙을 가진 지원자의 이력서를 보고 있다. 중국 C대학 졸업, Bank of ○○○ 인턴, 현재 모 대기업 재직 중. 나이도 20대 중반 정도밖에 안 된다. 우리 회사에도 고스펙 사원들이 많아지는 추세인데, 이 지원자는 황소개구리나 파랑볼우럭 같은 생태계 교란종에 가까운 스펙을 갖췄다.

하루 동안 면접을 볼 지원자들의 리스트를 보고 면접관으로 참여하는데, 지원자들에게 미안하지만 고스펙 지원자가 궁금해서 잘 집중하지 못했다. 대체 어떤 사람이길래 저런 스펙을 갖고 우리 회사에 들어오려고 하는 걸까.

"왜 우리 회사인가요?"

라는 질문을 품에 안고 그를 기다렸다.

면접의 중반부쯤 드디어 고스펙 지원자가 등장했다. 그가 문을 열고 들어올 때 면접관 모두 숨을 죽였다. 〈솔로지옥2〉에서 메기남 덱스가 등장할 때처럼 그가 한 발 한 발 면접관들에게 다가오는 시간이 슬로모션처럼 천천히 흘러갔다. 고스펙 지원자는 외모도 수려했다. 조막만 한 얼굴을 부각하는 넓은 어깨와 새하얀 피부. 이마트에서 카트 한 번 안 끌어봤을 것 같은 귀공자상이었다.

잘생긴 남자를 보면 심하게 떨리는 편이라 옆자리 면접관을 쿡 찔렀다. 원래 첫 질문 담당은 나였지만 도저히 입이 떨어지지 않았다. 이유 없이 옆구리를 찔린 선배 면접관이 입을 뗐다.

"안녕하세요. Y씨 맞으시죠? 자기소개 부탁드립니다."

메기남이 자기소개를 시작했다. 그는 그 뒤로 많은 말을 했는데, 그와의 1분은 1년처럼 느껴졌다. 자기소개부터 버벅거리며 여러 번 같은 말을 반복하더니 면접관들의 질문에 세 마디 이상 답을 이어가지 못했다.

메기남이 답을 짧게 하다 보니 민망한 면접관들이 정적을 깨기 위해 계속 말을 했다. 그동안 해왔던 일이나 삶의 경험에 관해 질문을 던졌지만 메기남은 화려한 이력서와 달리 질문에 관한 답을 1분 이상 이어가지 못했다. 해외 생활이 길어서 말을 못 하나? 혹시 언어 문제인가 싶어서 영어 인터뷰도 간단히 진행했는데 영어도 똑같았다. 안타깝지만 메기남은 면접관 세 명의 만장일치로 탈락했다.

면접이 전부 끝나고 평가표를 매만지는데 메기남의 이름이 눈에 들어온다. 면접관들의 질문에 관해 조금만 구체적으로 답했어도 바로 탈락시키진 않았을 텐데, 안타까운 마음이 들었다. 그는 그저 '네포 베이비'(부모의 후광을 입은 성공한 2세를 뜻하는 미국식 '금수저'를 뜻함) 같았다. 굳이 이 회사에 들어와야 할 이유가 없는 사람처럼 느껴졌달까. 아무리 대단한 대학과 스펙을 가진 사람이라도 기본적으로 면접에 임할 때는 회사에 관한 간절함은 있어야 한다. 저런 태도로 면접에 참여할 거면 왜 서류를 넣었을지도 의문이었다. 자신의 인생을 꾸며줄 그럴싸한 커리어가 필요했던 게 아닐까 싶었다.

다른 지원자에게 합격 통지를 주고 얼마 후 일본

으로 출장을 갔다. 출장 간 도시는 일본 중부에 있는 나고야였다. 일본인을 상대로 영업하다 보니 관동, 관서, 규슈 등 일본 전국을 돌아다니는데 나고야는 처음이었다. 중부공항에 내려서 이곳저곳 돌아다니며 시장 조사를 다니는데 이상하게 어떤 사람이 생각났다. 바로 얼마 전에 면접장에서 만났던 메기남이었다. 일본 영업을 하면서 이렇게 재미없는 도시는 처음이었으니까.

　나고야는 도쿄부를 제외하면 요코하마시, 오사카시에 이어 전국 3위의 인구 규모를 갖고 있는, 일본에서 네 번째로 큰 도시다. 오다 노부나가, 도요토미 히데요시, 도쿠가와 이에야스 등 일본 역사의 한 획을 그은 3인방이 탄생한 나고야지만 모든 재미와 행복은 도쿄와 오사카로 보내버린 듯 딱히 할 것도 없고 볼 것도 없는 도시다. 그나마 옛날 세대는 선동렬 선수가 나고야에 연고를 둔 '주니치 드래곤즈'에서 활동해서 애국심에 의한 관심이라도 발현되었지만 지금은 아무런 감정을 느낄 수 없는 도시가 되었다.

　요즘 엔저(엔화 약세, 즉 엔화 가치가 떨어지는 현상)로 인해 일본 관광을 가는 한국인이 늘면서 도쿄, 오사카, 후쿠오카 어디를 가든 한국어가 끊이지 않았는데 나고야에는 한국 관광객이 보이질 않았다. 재미가 있는 곳이라면 전 세계 어디든 쫓아가는 한국인들은 나고야를 찾지 않는다. 이렇게 크고 멋진 도시인데 나고야 태생 말고는 이 도시에 몰리는 외지인이 없다. 사람이든 도시든 아무리 대단한 스펙을 가졌더라도 결국 사람을 끌어당기는 매력이 없으면 안 된다는 걸 나고야와 메기남이 알려주는 듯싶었다.

"채용 때 학벌이 중요한가요?"

면접관을 한다고 하면 어린 대학생을 둔 어른들이 물어보신다. 그럴 땐 고개를 갸웃거리며 아니라고 한다. 사실 이 질문을 하는 부모님들의 자녀 학벌이 평범한 수준인 경우가 많은데 그분들 기분 좋으라고 이렇게 말하지 않는다. 진심으로 내가 면접관을 하는 동안 학벌이 중요한 적은 없었다. 한참 글로벌 컨설팅 그룹과 일한 적이 있었는데 아이비리그나 서울대만 가는 줄 알았던 그 회사도 학벌이 각양각색이었다. 학벌의 의미가 점점 퇴색되는 시대에 더 중요한 건 대학 이후 쌓아온 경험과 능력이다.

좋은 학교 출신이라는 사실은 그 사람의 고등학교 때까지만을 평가하는 지표다. 높은 학벌은 성실함을 보장하는 지표라고 혹자들은 말하기도 한다. 하지만 회사에서 실무를 해보면 서울대를 나온 사람과 서울 중위권 대학을 나온 사람의 성실함은 차이를 구분하기 쉽지 않다. 실제 서울대와 중위권 대학의 성적 차이는 크지만, 그 정도 학력 차이로 채용에서 합격과 불합격을 가르지 않는다. 오히려 중위권 대학 출신이 학업 외에 다양한 경험과 활동을 어필하면 더 높은 점수를 받기도 한다.

면접관은 대학 이후 당신이 어떻게 살아왔는지가 더 궁금하다. 성인이 되고 나서 쌓은 시간이 어디서 발현되어 있는지 그 재능을 우리 회사에 최대치로 활용할 수 있는지 거기에만 방점을 둔다. 학벌이 좋지 않더라도 쫄 필요 없다. 정말, 학벌 안 본다.

참고로 앞에서 언급했던 고스펙 지원자에게 "왜 우리 회사인가요?"라는 질문을 하지 못했다. 그와 면접을 보는 동안 질문을 할 가치를 느끼지 못했다. 그와 대화하는 내내 나고야에 있는 기분이었으니.

실력만 좋다고 채용이 될까

학벌만 좋다고 채용이 안 되는 건 앞에서 이야기했다. 그러면 실력은 어떨까? 특히 경력 사원 채용의 경우 회사가 부족한 전문성을 채우기 위해 사람을 뽑는다고 했으니 실력만 탄탄하면 뽑히는 게 아닐까? 산업군마다 다를 순 있지만 일반 소비재를 다루는 제조 기반 산업에서는 'No'라고 말하고 싶다.

우연한 기회에 디자이너 채용에 참여한 적이 있었다. 난 당시에 제품을 개발하는 브랜드 매니저였고, 신제품을 성공적으로 출시해야 하는 미션이 주어져 있었다. 마침 함께 합을 맞췄던 디자이너가 출산 휴가를 들어가서 디자이너 인원이 부족했다. 팔로워십이 좋은 신입 디자이너를 뽑을지 아니면 포트폴리오가 좋은 디자이너를 뽑을지 고민하다가 경력 디자이너를 채용하기로 결정했다.

면접장에는 네 명의 지원자가 있었다. 이날 난 면접관은 아니었고 면접 진행을 맡았다. A, B, C, D 네 명의 지원자를 보니 재직 중인 회사나 포트폴리오가 천차만별이었다. 그중에 가장 눈에 띄는 건 A였다. 네 명 중 가장 큰 기업에 다니고 있었고 여러 제품을 성공적으로 론칭한 경험이 있었다. 서류만 봤을 때는 A가 합격할 확률이 높지 않을까 생각하고 있는데 다른 의미로 눈에 띄는 지원자가 있었다. 붙임성이 좋은 B였다. 면접장에서 대기하는 동안 다른 지원자들은 바닥을 보거나 핸드폰 메모장을 보며 면접을 준비하는데 B는 내게 몸을 붙이고 우리 회사에 관해 이것저것 물어봤다.

"사무실 분위기는 어떤가요?"

"남자가 많아요, 여자가 많아요?"

"오늘 면접비가 있나요?"

"복지 중에 좀 차별되는 게 있을까요?"

업무 관련된 질문부터 사적인 질문까지 이것저것 물어보던 B. 정적이 흐르는 면접장 분위기가 B 덕분에

풀어지기도 했고 B에게 회사에 관해 설명하면서 나도 우리 회사의 문화와 복지가 좋다는 걸 다시 깨달았다. B와 도란도란 대화하다 보니 마치 대학교 후배를 만난 것 같아서 팍팍한 회사 생활 속에서 잠시 해갈의 기운도 느꼈다. 회사와 가정에서 항상 사랑받는 막내딸 느낌이랄까? 다만 타 지원자 대비해서 포트폴리오가 약한 게 흠이었다. 작은 회사에서 경력을 쌓아왔고 디자인한 제품들이 독창적이었지만 성공했다고 하기엔 무리가 있었다.

면접이 모두 종료되고 채점하는 자리에 참여했다. 내 역할은 면접 외에 태도가 문제 있는 사람에 관해 알려주는 역할이었다. 네 명의 지원자 중에 딱히 태도가 문제되는 사람은 없었다. 사실 마음으로 B에게 점수를 주고 싶었지만 면접관은 아니었기 때문에 점수를 주긴 어려웠다.

예상대로 면접관들은 A와 B를 두고 고민하고 있었다. 면접관은 총 세 명이었다. 한 명은 A를 뽑아야 한다고 주장했고 한 명은 B를 뽑아야 한다고 주장했다. 나머지 한 명은 반반인 상태. A를 주장하는 면접관이 이렇게 말했다.

"디자이너가 디자인만 잘하면 되죠. A 포트폴리오를 보세요. 이보다 더 잘하는 사람은 지원자 중에 없잖아요. 무조건 이 사람이 맞다고 생각합니다."

B를 주장하는 면접관이 말한다.

"A가 실력이 뛰어나다는 것은 공감합니다. 다만 면접이 진행되는 30분 동안 눈을 피하거나 상념에 잠기는 등 소통이 되는 느낌을 받지 못했어요. 반면에 B는 A에 비해 포트폴리오는 약하지만 면접관들의 질문에 관해 자신의 경험과 전문성을 기반으로 야무지게 잘 대답한 것 같아요."

시간은 점점 흐르고 이견이 조율되지 않는데, 반반 상태이던 면접관이 입을 뗀다.

"저도 B가 맞는 것 같습니다. 처음에는 A가 맞지 않나 생각했는데, 그 짧은 면접 시간 동안 대화가 매끄럽지 않았던 사람이 협업하는 프로젝트를 할 수 있을까 싶네요."

결국 재직 중인 회사 규모가 작고 포트폴리오도 비교적 평범했던 B가 합격했다. 이 경험에서 중요한 포인트는 면접장에서도 소통이 어색하면 회사에 입사해서도 협업이 안 되는 사람으로 인식된다는 점이다. 실력을 탄탄하게 구축하는 것과 별개로 타인과 원만하게 상호 작용하는 능력, 즉 사회성이 중요하다.

B는 나와 함께 신제품 출시 업무를 하고 성공적으로 임무를 완수했다. B는 업무 역량도 괜찮았지만 쾌활하고 발랄해서 B가 들어오는 회의에는 항상 웃음꽃이 피었다. 방향을 잡고 끌어가는 회의에 메인 담당자인 나만 들어가면 분위기가 싸해질 때도 있었는데 B가 합류하니 회의 말미에는 항상 파이팅을 외치며 나오게 되었다. 내가 제품 개발 업무를 떼면서 B와는 업무를 하지 않게 되었는데 여전히 그녀는 디자인팀에서 사랑받으며 잘 다니고 있다.

화장실에서 B와 마주쳤다. 해우解憂의 직후라 민망한 마음에 눈인사만 하고 도망가려는데 B가 내 팔을 덥석 잡으며 말한다.

"그때 시드니 님이 말씀해주셔서 회사 주택 자금 대출받았어요. 넘넘 감사해요!"

회사의 복지를 잘 뽑아먹고 열심히 다니는 그녀. 그저 기특하다고 말해주고 싶다.

채용은 '1번 타자'를 뽑는 게 아니다

2023년 덕질 중 하나는 야구였다. 친정은 나 빼고 모두 야구를 좋아해서 엄마와 언니는 KBO 전 경기를 다 보는 사람들이었다. 야구 덕후 옆 3년이면 야구를 전혀 모르는 사람도 대략 타율 정도는 계산할 줄 알게 되는지 일반인치고는 야구 룰을 잘 알았지만 스포츠는 야구보다는 축구라는 생각을 했다. 심지어 축구는 전 세계가 다 하지만 야구는 소수의 국가만 참여하지 않는가(미국, 일본, 한국, 대만, 쿠바, 도미니카 등). 모두가 경쟁에 참여할 수 있는 스포츠라기보다는 돈 많은 나라에서 만들어낸 레저 정도로 생각했다.

그러다가 남편이 아이가 초등학교에 입학하자마

자 야구장에 다니기 시작했다. 본인이 초등학교 1학년 때 아버지가 처음 야구장에 데려갔는데 그때 본인이 응원하던 LG 트윈스가 한국시리즈 우승을 했었다는 거다. 우승의 기억과 아빠와의 추억이 몸과 머리에 남아 있다는 남편은 같은 추억을 아들에게 선물하고 싶어 했다.

한참 둘이 야구장을 다니는 걸로 끝날 줄 알았는데, 두 사람이 야구를 열광적으로 좋아하다 보니 내 일상도 야구가 지배하기 시작했다. 학원에 다녀오면 숙제하고 〈도라에몽〉이나 보던 아이가 매일 야구 경기를 본다. 야구 경기를 하지 않는 월요일에는 LG 트윈스에서 운영하는 유튜브를 시청하며 선수들의 신상을 파악하고 있었다. 만 6세밖에 안 된 아이가 출루, 진루, 할·푼·리를 아는 게 신기했다. 아이 옆에서 붙어 있을 수밖에 없는 엄마라 가랑비에 옷 젖듯 나도 야구에 스며들었다. 정신을 차려보니 나도 LG 트윈스 선수 이름과 응원가를 외우고 있었다.

야구의 매력이 여러 가지가 있지만 인상적인 부분은 '혼자 잘해서는 절대 진루할 수 없다'는 거였다. 5할이 넘는 4번 타자가 있다고 해도 1, 2, 3번 타자가 마운드에 없으면 고작 낼 수 있는 점수는 1점에 불과했다. 수비도 마찬가지. 내가 신이 내린 수비력을 가진 유격수라고 해도 1루에서 잘 받아주지 못하면 실책이다. 모두가 골고루 잘하면서 팀워크가 좋아야 성적을 낼 수 있는 게 야구다.

그래서 그런지 야구선수들은 팀 동료가 잘하면 방방 뛰며 격렬히 좋아했고 혹여 동료들이 실수해도 엄지손가락을 치켜세우며 서로를 위로해준다. 축구나 농구는 야구와 비교해 경기 템포가 빠르고 선수들이 조금이라도 지체하면 승부가 단숨에 바뀌기 때문에 동료가 실수해도 위로할 새도 없이 공만 보며 쫓아간다. 하지만 야구는 타자가 삼구삼진을 당해 아웃카운트가 늘어나더라도 덕아웃에 있는 동료들이 온화한 미소를 지으며 손뼉을 쳐준다. 타자의 삼진이 팀의 승리를 위해 좋은 것은 아니지만 동료 선수들은 "괜찮아, 괜찮아"를 외친다. 사실 실수를 하거나 성적이 안 좋으면 타박도 하고 벌도 있어야 자극이 될 것 같은데 야구선수들이 보여주는 모습은 달랐다. 치열한 승부의 현장에서 보여주는 따뜻한 모습이 다소 어색하게 느껴져서 아이가 다니는 야구학원 감독님께 물어봤다.

"감독님, 야구는 왜 동료들이 실수해도 손뼉을 치나요?"

"실수했을 때 격려를 해줘야 같은 상황에 왔을 때 실수를 안 하거든요. 야구는 개인 경기가 아니고 팀 경기라서 모두가 잘해야 나도 잘할 수 있는 거예요. 그래서 동료들이 실수했을 때 트라우마가 생기지 않도록 더 격려해주는 거예요."

회사도 마찬가지다. 아홉 명이 프로젝트를 진행하는 데 한두 명만 탁월하다고 치자. 과연 그 프로젝트가 잘될까? 어떤 프로젝트냐에 따라 다를 순 있지만 잘되기 쉽지 않다. 아니면 아홉 명이 모두 탁월하다면? 경험상 전원 탁월한 사람들로 구성되었을 때 프로젝트가 산으로 가는 걸 많이 봤다. 특히 회사에서 혁신하겠다고 종종 5년 차 정도 되는 사원들을 모아서 프로젝트를 시키곤 하는데 보통 용두사미가 된다. 잘하는 사람들이 모여 있으면 그 팀이 대박 날 것 같지만 응축된 실력보다 중요한 건 상호 간의 균형이다. 하나의 목적을 달성하기 위해 필요한 기능을 수행할 수 있는 사람들이 조화롭게 모여 있는지가 더 중요하다. 야구로 치면 각자의 포지션에 맞게 역할을 해야 하는 것이다. 유격수는 유격수의 역할을, 8번 타자는 8번 타자의 역할을, 대주자는 대주자 역할을 해야 점수가 난다. 여기서 모두 1번 타자, 유격수를 하겠다고 손을 들면 그 팀은 죽어도 우승할 수 없다.

채용하다 보면 자신이 1번 타자라고 우기는 사람들이 많다. 잠재력 있고 가능성이 높은 사람을 뽑는 건 회사에 이로운 일이다. 기본적으로 실력이 갖춰진 사람을 뽑아야 회사는 성장 가능성이 높다. 하지만 회사는 매년 아니 매일 시시각각 변화하고 하던 일만 계속할 수 없다. 갑자기 마케팅을 하다가 영업을 하기도 하고 영업을 하다가 재무제표를 보는 일을 해야 할 수도 있다. 사원들에게 현재 업무와 다른 포지션을 줬을 때도 수용할 수 있는 사람이 한쪽 분야만 탁월한 사람보다 선호도가 높을 수밖에 없다.

경력 사원 채용 때 만난 어떤 지원자가 생각난다. 면접 내내 자신의 전문성에 관한 질문에 잘 대답했고 전체 지원자 중에 상위권 점수를 받아 최종 면접으로 보내도 괜찮을 것 같은 지원자였다. 다만 사회성이 좀 부족해 보여 이 질문을 했다.

"혹시 단체 생활을 해본 적 있으신가요?"

"네?"

지원자가 질문 자체를 잘 이해하지 못한 거 같아서 다시 예를 들어줬다.

"예를 들면 동호회나 동아리, 학생회 아니면 뭐 조기축구회라도 공동체 활동을 해본 적이 있는지 궁금해서요."

"아…."

한참을 생각하던 지원자가 처음으로 내 눈을 쳐다보며 묻는다.

"고등학교 때 기숙사 산 것도 포함되나요?"

물론 한 방에 여덟 명씩 집어넣는 고등학교 기숙사에서 지원자의 사회성이 발달했을 수도 있다. 하지만 회사에서 요구되는 사회성과 태도는 성인 이후 형성된 것들이다. 학교에서 선생님이 시킨 대로 하면서 단련된 공동체 정신 말고, 조직에서 목표를 향해 함께 갈 때 나를 낮추면서 조화롭게 힘을 합칠 수 있는지가 중요하다.

의외로 저 지원자는 합격하긴 했다. 해당 직무를 할 수 있는 인재 풀이 사내에서 부족한 데다 사업이 커지고 있었으니까. 이후 만날 일이 없었다가 가끔 귀에서 그 지원자의 이름이 들린다. 이 사람을 대체 누가 뽑았냐고 볶아대는 사람들 때문에.

유튜브에서 화제였던 아나운서 합격 영상에서 KBS 이지애 아나운서의 말이 생각난다.

물론 어딜 가나 잘생긴 사람, 똑똑한 사람, 예쁘고 끼 있는 사람도 분명히 필요합니다. 하지만 어떤 조직이든 성실하고 정직한 사람이 없으면 유지될 수 없습니다. 늘 정직하고 성실한 모습으로 최선을 다하겠습니다.

예전에는 이런 답을 하는 사람을 이해하지 못했다. 채용하는 사람에게 자신의 탁월함을 어필해야지, 저런 답답한 소리나 하다니. 하지만 실제 현직자로 일하며 채용해보니 100점짜리 답안이었다. 보통 이런 답을 하는 사람들은 실력도 80퍼센트 이상 채워진 상태에서 겸손함까지 겸비된 사람들이다. 100퍼센트 실력이 뛰어난 사람도 함께하면 장점이 있겠지만 옆에서 매일 같이 봐야 하는 입장에서는 80퍼센트의 실력과 20퍼센트의 태도가 갖춰진 사람이 훨씬 낫다.

면접에 임할 때는 탁월함도 보여주되 자신이 조직원이 될 수 있는 것도 보여주는 전략이 필요하다. 혼자 탁월할 거면 1인 사업이 본인 인생을 위해서도 나은 선택일지도.

당신의 장점은 무엇인가요

현지법인 마케팅 팀장급을 채용하고 있었다. 팀장급은 지원자 수가 과장, 대리급 채용 때보단 적어서 면접을 볼 수 있는 인원이 두세 명뿐이었다. 게다가 팀장급이 었기 때문에 업무 역량과 덧붙여 리더십이 있는지도 함께 확인해야 했다. 보통 경력 사원 채용 면접 시간이 30~40분이라면 팀장급 지원자는 한 시간에서 한 시간 30분 정도까지 심층 면접을 봤다.

이날 면접관들과는 첫 질문과 마지막 질문을 통일했었다. 첫 질문은 우리 회사를 선택한 이유, 마지막 질문은 지원자의 장점을 묻는 질문이었다.

한 지원자의 심층 면접을 마치고 마지막 질문을

던졌다.

"지원자 A님의 장점은 무엇입니까?"

A는 면접 시간 내내 움츠렸던 몸을 펴더니 자신 있게 대답했다.

"저의 장점은 열정입니다."

순간, 미겔 데 세르반테스 원작의 《돈키호테》가 생각났다. 회사라는 자본주의의 산물 속에서 혼자 이상과 행복을 외치는 중세 시대의 기사 같다고나 할까. 열정에 관해 이것저것 말을 했지만 사실 귀에 잘 들어오지 않았다. 그래도 끝까지 잘 들어보자는 생각에 다시 집중했지만 인생은 좋은 게 좋은 거고 모든 게 잘될 거라고 하는 말을 쏟아내고 있었다.

갑자기 가운데에 있던 면접관이 실소를 터트리더니 한마디를 했다.

"건배사 엄청나게 잘하실 거 같네요."

디스였다. 하지만 돈키호테는 칭찬으로 받아들여 자신이 술자리에서 얼마나 호탕한지 어필하고 있었다. 슬프게도 우리는 건배사를 할 사람을 뽑고 있는 게 아니었다. 소비자의 프로필과 구매 데이터를 보고 인사이트를 찾아내고 미래를 위해 법인의 비전을 그려나갈 마케팅 팀장을 뽑고 있었다.

돈키호테의 장황한 연설이 끝나자마자 면접관들 사이에서 정적이 흘렀다. 정적도 좋은 신호가 아니다. 맷돌 손잡이가 없어진 상태라고나 할까. 10년 차 마케팅 팀장을 채용하는데 자신의 장점이 열정이라니. 그래도 한 번 더 기회를 주자 싶어 이 질문을 했다.

"열정의 근거는 무엇일까요?"

면접관 사이에 정적은 깨졌지만 이번에는 지원자의 정적 타임이었다. 잠시 당황하던 돈키호테는 머리를 이리저리 움직이더니 웃음을 띠며 말했다.

"저는 무슨 일이든 열정적으로 참여합니다. 몇 년 전 한 아이돌 그룹과 협업하여 잡지 광고를 한 적이 있습니다. 당시 해당 아이돌을 자사 모델로 쓰는 것에 관해 반대하는 사람들이 많았지만 제가 열정적으로 밀어붙여서 진행했고 결과도 좋았습니다."

"결과가 좋다고 하셨는데, 객관적인 수치가 있을까요?"

'객관적'이라는 단어에 돈키호테가 넋이 나간다.

정확한 수치로 제시할 수는 없지만 사장님에게 칭찬받았다며 뿌듯한 표정을 짓는다. 칭찬을 양껏 받아 늠름한 표정을 짓고 있는 지원자에겐 미안하지만 점수표에는 'X'라고 적었다.

면접 고정 질문 중 하나가 '당신의 장점'을 묻는 질문이다. 비율이 높지는 않지만 몇몇은 열정, 성실, 꼼꼼함을 말하곤 한다. 열정에게 미안하지만 주관적이고 평가 불가능한 장점을 갖고 당신을 채용하기 쉽지 않다. 업무에는 직관과 추진력도 필요하지만 경력직이라면 더욱 수치화할 수 있는 성과가 있어야 한다. 지원자가 신입사원 지원자라면 이해할 수 있을지도 모른다. 신입 사원의 경우 팔로워십이 필요하기 때문에 의욕적인 자세가 채용에서 플러스 요인이 되니까.

　　하지만 경력 사원이라면 전문성을 보여줘야 한다. 프로젝트를 성공한 경험이나 성과를 냈던 것들 속에서 발현된 자신의 장점을 말해야 한다. 수치화된 사례가 아님에도 불구하고 점수를 잘 준 사람의 답변을 참고로 공개한다. 워낙 인상 깊은 대답이었기 때문에 누군가에게 좋은 사례가 되었으면 좋겠다(개인차는 있을 수 있다).

"당신의 장점은 무엇입니까?"

―저의 장점은 귀가 순하다는 점입니다.

"귀가 순하다는 게 무슨 말이죠?"

―저는 혼자 판단하는 게 아니라, 다양한 사람들의 이야기를 듣고 종합적으로 생각합니다.

"음, 좀 더 구체적으로 말씀해주시겠어요?"

―네. 저는 무슨 일을 하든지 다양한 의견을 듣고 제가 가진 정보와 조합하며 업무를 진행합니다. 얼마 전 진행했던 프로젝트에서 결론이 두 가지로 쪼개진 적이 있었습니다. 그때 다양한 부문의 사람들에게 이야기를 듣는 동시에 데이터를 분석해서 가장 답에 가까운 결론을 내렸습니다. 물론 결론에 관해 받아들이지 못하는 분들도 있었지만 설득을 통해 한 방향으로 모두가 움직여서 결국 성과를 이뤄냈습니다.

서른 초반 남짓한 지원자의 얼굴에 이순耳順이라는 단어가 비친다. 이순은 한자 뜻 그대로 귀가 순해진다는 뜻이고 나이로는 60세를 뜻한다. 앳된 얼굴과 달리 귀가 순하다는 지원자가 보여준 임기응변이 아니라면 가능하면 장점은 수치화해서 말해주길.

당신은 어떤 사람인가요

요즘 세대를 관통하는 키워드를 하나 뽑자면 '가성비'가 아닐까. 가격 대비 높은 성능은 물건에만 적용되는 게 아니라 자신의 역량에 대비해서 자신을 포장하는 능력도 상당히 뛰어난 요즘 사람들에게도 적용된다. 이력상 적힌 포트폴리오보다 훨씬 더 화려하게 자신을 꾸며내는 말들이 넘쳐난다. 자신이 한 프로젝트로 인해 대한민국을 움직인 사람이 왜 이렇게 많은 건지. 이 정도면 매일매일 대한민국은 진도 7의 흔들림에 시달려야 할 것 같다. 자타 공인 탁월한 지원자들의 이야기를 듣다 보면 우리나라가 달까지 가는 건 문제도 아닌 것처럼 느껴지지만 솔직히 조금 피곤할 때도 있다. 저 휘황

찬란한 말 중에 어떤 게 진실이고 어떤 게 거짓인지 면접장 내에서 판가름 내기 어려우니까.

모두 '나 잘났어요' 이야기하는 상황에서 가끔 시선을 멈추게 하는 지원자들이 있다. 바로 겸손한 지원자들이다.

작은 광고 대행사에서 오래 일했던 동창이 있다. 소위 말하는 중소기업에서 오래 근무한 그녀는 내로라하는 경쟁자들을 물리치고 한 기업의 광고 기획 파트 헤드로 채용되었다. 특히 광고 분야는 크리에이티브든 학벌이든 스펙이 화려한 사람들이 많은데, 차고 넘치는 고스펙자들을 물리치고 홀로 합격한 그녀의 비결이 궁금했다. 다대일로 진행되었다는 그녀의 면접 이야기를 쭉 들었을 때 특별한 점은 없었다. 다만 한 가지 포인트는 있었다. 바로 '자신은 어떤 사람입니까?'라는 질문에 관한 답이다. 그녀는 이렇게 답했다.

"저는 무난한 사람입니다."

신입 사원이었다면 오답이었을 수도 있다. 특별하다고 난리를 쳐도 모자랄 면접 자리에서 본인 스스로 '무난'하다니. 저 답을 들은 면접관 입장에서는 그녀가 진정으로 해당 기업에 입사할 생각이 있는지 의뭉스러울 수도 있다. 하지만 그녀는 합격했다. 그녀가 10년 동안 쌓아온 포트폴리오가 탄탄했던 것도 있지만 다른 지원자들도 그 부분은 비슷했을 거다. 그녀가 타인과 차별되는 포인트는 '겸손함'이었다. 자신을 무난한 사람으로 정의함으로써 조직 생활에서 융화될 수 있음을 충분히 어필했다.

보통 면접장에 들어갈 때 "자신감을 갖고 말하라" 곤 한다. 하지만 종종 지원자 중에 '자신감'과 '잘난 척'을 헷갈리는 사람들이 있다. 목소리를 키우고 자신이 가진 생각을 또렷하게 말하는 것이 중요하지만 자기 생각이 100퍼센트 옳지 않을 수 있음을 알고 겸손해야 한다. 회사는 사람들이 모인 곳이라 '융화'가 중요한 역량이다. 융은 녹일 융融자다. 아무리 대단한 자신이라고 해도 때로는 자신을 녹여서 없앨 각오도 해야 한다. 탁월함을 보여주는 사람들은 잘난 사람들이 아니다. 자신을 낮출 줄 아는 겸손한 사람들이다.

면접 치트키, 대화 많이 하기

면접관이 된 지 얼마 안 되었지만 확실히 과거와 최근의 면접 상황을 비교해보면 최근에 만난 지원자들의 언변이 떨어지는 느낌이다. SNS가 활성화되고 사고 기능을 마비시키는 숏폼을 많이 보다 보면 말을 하는 능력도 전반적으로 떨어질 수밖에 없을 거다. 요즘 세대들의 문해력이 부족하다는 건 전반적인 세태라 모두 알고 있다.

　개인적으로는 한 가지 원인이 더 있을 것 같다. 최근에 아파트 커뮤니티나 카페에서 일을 하다 보면 갈등 상황에 놓인 사람들을 본다. 같은 공간을 쓰는 사람들이 강의 듣는 소리가 크다든지 자주 자리를 왔다 갔다

하는 경우에 예전 같으면 조심히 말을 걸어 정숙을 요청하거나 본인이 자리를 비우곤 했지만 요즘엔 경찰이 출동한다. 성급한 일반화라고 볼 수도 있겠지만 코로나 19 이후 부쩍 생활 속에서 경찰들을 본다. 예전 같으면 서로 이해하고 양해할 일들을 제3자에게 중재를 요청하는 거다. 갈등 상황에 처했을 때 참고 견디거나 해결책을 스스로 찾는 게 아니라 권력을 사용하여 찍어 내릴 생각을 하는 사람들. 평생 혼자 살거나 혼자 일하는 사람이라면 상관없지만 조직에서 일하려는 사람이라면 저런 태도로는 회사에 적응할 수 없다.

여러 명 면접을 보다 보면 왠지 경찰을 부를 것 같은 사람들이 보인다. 본인의 포트폴리오에 관해 심층 면접을 했을 때 고집을 부리거나 태도가 무너지는 사람들이 있다. 지원자에 관해 더 알고 싶어서 질문했을 뿐인데 불편한 기색을 팍팍 풍긴다. 그런 지원자는 하버드대를 나와도 합격을 줄 수 없다.

어떤 사람이 면접을 가장 잘 볼까 고민해보면 딱 한 명이 떠오른다. 바로 내 남편이다. 여자는 언어 감각, 남자는 공간 감각이 발달했다는 학계의 정설을 뒤집듯 남편은 말을 굉장히 잘한다. 보통 부부 싸움에서 언어

(시쳇말로 말빨)로 우위를 점하는 건 아내 쪽이라고 하지만 대한민국 평균 아내들과 조금 거리가 있는 난 남편에게 한 번도 말싸움을 이겨본 적이 없다. 성장 환경, 학업 수준, 직업 등 대체로 남편과 비슷한 삶을 살아왔는데 내가 압도적으로 남편에게 말싸움을 지는 이유는 하나라고 생각한다. 바로 일상에서 남편만큼 타인과 대화를 안 하는 것 때문이다.

남편은 브랜드 매니저다. 브랜드 매니저 직군이 생소한 분들을 위해 간단히 설명하자면 하나의 제품이 만들어지는 과정을 총괄하는 사람이라고 보면 된다. 원료부터 가공, 포장부터 유통까지 모든 밸류체인의 단계를 고려해야 하고 출시 후에는 소비자와 지속 소통해야 하는 복잡한 업무다. 원료부터 소비자까지 다양한 단계를 소화하기 위해서는 각 밸류체인에 해당하는 사람들과 협업을 해야 한다. 기획 단계에서는 마케팅 파트와 콘셉트를 잡고, 방향성이 정해지면 원료 담당, 연구소 담당들과 기술적인 협의를 한다. 이후에는 생산 공장들을 찾아다니며 경쟁력 있는 원가와 품질을 보장해주는 생산업체를 찾는다. 생산 날에는 공장에 입회하여 생산직 근로자분들의 비위를 맞추기도 한다.

제품 하나를 출시하기 위해서 소통하고 만나는 사람들이 최소 100명은 될 것 같은 브랜드 매니저. 어떤 사람들에겐 냉철하게 논리적으로 대응하지만 누군가에겐 감정적으로 호소하기도 한다. 하루 종일 사람들과 문제에 관해 이야기하고 해결 방안을 찾고 온 남편과 집에서 만나면 내 허점이 드러난다. 남편이 말을 잘하는 이유는 대화를 계속하고 있기 때문이다.

면접도 면접관과의 대화다. 가끔 면접을 보다 보면 세상에 강제로 꺼내진 듯한 사람들이 있다. 하루 종일 집에서 인터넷이나 하고 싶지만 생계 유지를 위해 어쩔 수 없이 면접을 보러 온 사람들. 그런 사람들은 티가 난다. A를 물어봤는데 C를 답하고, 대화할 때 자꾸 허공을 본다. 점수를 잘 주고 싶은 포트폴리오와 스펙을 갖고 있어도 최소한의 티키타카가 되지 않는 지원자들을 채용하긴 쉽지 않다. 왜냐하면 회사 대부분의 업무가 대화를 기반으로 이루어지기 때문이다.

대화에 가장 미숙했던 어떤 지원자가 생각난다.

"인생을 살면서 뭔가를 진취적으로 실행한 경험이 있으신가요?"

─예전에 소비자 조사를 기획한 적이 있는데, 시작부터 마무리까지 참여했습니다.

"본인의 장점과 단점이 무엇인가요?"

─장점은 친화력입니다. 예전에 소비자 조사에 참여한 적이 있는데….

"입사해서 하고 싶은 일이 뭘까요?"

─소비자 조사입니다. 예전에 조사를 하면서….

이 지원자와 면접하면서 든 생각은 첫째, 경험이 적다. 둘째, 준비를 안 했다. 셋째, 뽑고 싶지 않다.

가끔 면접장에서 막힘없이 답을 해내는 지원자들을 본다. 감히 예상컨대 이 사람들은 대화를 많이 하는 사람들이다. 대화를 많이 한다는 건 타인의 생각을 들을 기회를 만든다는 거고 많은 사람의 생각을 수용하면서 자신만의 생각으로 진화시키는 연습이 되어 있다는 거다. 대화를 잘하는 방법은 단순하다.

'생각을 말하고, 근거를 말하고, 결론을 말한다.'

이 연습이 되어 있는 사람들은 면접관을 만났을 때 어려운 질문을 만나도 별로 당황하지 않는다. 평소에 살면서 타인에게 어려운 질문을 받아보고 답해본 사람은 찰나의 질문에도 정답에 가까운 말을 뱉어낸다. 그게 친구든 연인이든 가족이든 한 사람과 깊은 대화를 나눠본 사람들과 그렇지 못한 사람은 면접관과의 대화에서도 구분된다.

남자는 하루에 1만 마디를 하고 여자는 4만 마디 정도 한다고 한다. 면접을 준비하고 있다면 하루에 5만 마디를 하는 걸 추천한다. 그래서 중요한 면접을 앞두고는 스터디를 해보는 게 필요하다. 스터디가 꾸려질 상황이 안 된다면 친구나 엄마를 앞에 두고서라도 예상 질문을 던지고 답하는 리허설을 꼭 해보길 바란다.

가장 좋은 건 평소에 대화를 많이 하는 거다. 학회를 하든 동아리를 하든 동호회를 하든 사람들 사이에서 어울리고 갈등 상황을 경험해보는 수밖에 없다. 타인과 사소한 갈등이 생겼을 때 112를 누르고 싶은 욕구가 생긴다면, 아직 회사에서 일할 준비가 안 된 걸로 생각하자. 회사는 갈등의 집합체. 숨만 쉬면 갈등뿐이다.

지원자도 질문한다

면접장에 '알파'가 등장했다. 동물행동학에서는 무리 가운데 가장 높은 계급과 서열을 가진 개체를 알파라고 한다. 인간 세계에서는 완벽한 사람을 의미하고 경력 사원 면접장에서는 우리가 채용하는 직무에 톱니처럼 들어맞으면서 능력, 성격, 사회성까지 모두 뛰어난 사람을 말한다.

면접을 시작했을 때는 의자에 등을 기대며 하품 했던 면접관들은 알파 앞에서 똥 마려운 강아지처럼 절절거린다. 여기서부터는 지원자와 면접관의 관계가 바뀐다. 제발 우리 회사에 와달라는 눈빛을 보내며 조심스럽게 묻는다.

"면접은 끝났습니다. 마지막으로 하고 싶은 말이나 혹은 회사에 관해 궁금한 게 있을까요?"

알파가 조심스럽게 묻는다.

"조직 문화가 어떤가요? 평등한지 수직적인지 궁금합니다."

'조직 문화 같은게 어디 있습니까. 알파님이 오시면 저희가 다 알아서 준비해서 모시는 거죠'라고 하고 싶지만 면접관의 권위라는 게 있으니 흥분을 가라앉히고 감언이설을 쏟아낸다.

"조직 문화는 평등한 편이고요. 성과 중심이라 특히 역량 있는 경력 사원 분들이 적응을 잘하시는 편입니다."

반은 사실이고 반은 뻥이다. 우리 회사는 공채 중심의 회사라 경력 사원들에게 박한 분위기가 일부 있다. 그럼에도 알파를 어떻게든 우리 회사로 끌어들여야 하기 때문에 장점을 부각한다. 그래서 채용이 결정되더라도 여러 경로를 통해 회사 레퍼런스를 체크하는 걸 추천한다.

또 알파가 묻는다.

"입사하면 앞에 계신 세 분이 저의 상사이신 걸

까요?"

"네, 그렇습니다."

낮은 저음으로 위엄을 과시했지만 속으론 '직급 상은 상사이지만 저희가 모십니다. 제발 저희를 선택해 주세요'라고 외치고 있다. 알파들만 가득하면 좋겠지만 때론 베타들도 등장한다. 베타들의 특징은 전형적인 하남자, 하여자 같다고 할까. 자신과 회사에 관한 질문을 해야 하는데 외부 변수 또는 타인과 비교하려는 성향을 보인다.

"제 경력이 어디까지 인정된 걸까요?"

"A회사에서는 연봉을 얼마까지 준다고 하셨는데…"

"제가 나이가 많은 편일까요?"

면접관들이 편하게 말하라고 했다 해서 착각하면 안 된다. 질문하는 순간에도 당신은 평가받고 있다. 연봉 금액을 면접 현장에서 협상하려고 하거나 자신의 경력이 어디까지 인정되는 건지 끈질기게 묻는 지원자들이 있다. 그런 내용들은 나중에 면접에 합격한 후에 인사부 담당자와 조율해도 늦지 않다. 괜히 면접장에서 모든 걸 결론내려다가 소탐대실할 수 있다.

요즘 봤던 TV 프로그램에서 가장 인상 깊었던 출연자는 〈솔로지옥3〉의 이관희다. '이프 보이'라는 별명처럼 데이트하는 상대 여성에게 항상 "만약에 네가~"라고 하면서 의견을 묻는다. 다만 그 질문이 자신에 관한 질문이 아니라 타인과 자신을 비교하며 결과적으로 자신이 우월함을 타인의 입으로 확인받고 싶어 한다. 만약 면접장에서 이관희 님을 만났다면 과연 합격을 줄 수 있을지 그건 잘 모르겠다.

제발 채용 공고를 정독하세요

신입 사원을 채용하다 보면 어머님에게 전화해주고 싶은 지원자들이 있다. 회사 면접 본다고 아침부터 어머님이 신발도 닦아주고 두뇌 회전에 좋다는 사과주스도 갈아주고 "내 새끼 파이팅!" 하며 격려도 해줬을 텐데, 어머님의 기대를 저버리듯 비매너로 면접에 임하는 사람들이 있다. 면접 대기실에서 옆 지원자와 시시덕거리거나 면접장에 들어와서도 초등학생처럼 행동하는 사람들. 당연히 결과는 탈락이다.

경력 사원 채용 중에도 어머님에게 전화 걸고 싶은 지원자들이 있다. 의외라고 생각할 수 있지만 채용할 때마다 이런 지원자가 있다. 바로 채용 공고를 정독하지 않고 면접을 보러온 사람들이다. 설마 그렇게 기본도 안 된 사람들이 있다고요? 네, 있습니다. 심지어 많습니다.

얼마 전 마케팅본부의 제품 개발부 대리급을 채용할 때였다. 채용 공고에는 여러 요구사항을 썼지만 핵심 내용은 다음과 같았다.

· 소비재 브랜드 매니저 경력
· 소비자 니즈 기반 신제품 출시 경력 5년 차 이상

제품 개발 프로세스에 관해 인지가 있고 제품을 출시해 본 경력이 있는 브랜드 매니저를 찾는 게 핵심이었다. 서류 심사를 할 때도 관련 경력을 중점적으로 기술한 사람을 면접에 올렸다. 그런데 면접장에 들어온 지원자가 채용 공고상 기술된 직무와 다른 이야기를 한다. 제품 개발 이력에 관해 물으니 광고 모델이나 판촉에 관한 포트폴리오를 이야기하고 있다. 지원자의 말이 끝나고 조심스럽게 물었다.

"지금 저희는 브랜드 매니저를 찾는 건데 제대로 지원하신 걸까요?"

당황하는 눈빛이 스친다.

"네, 공고 잘 봤습니다. 귀사에서는 마케팅 직군을 채용하는 것으로 알고 있습니다."

"지원자께서는 제품 개발보다는 마케팅 커뮤니케이션 쪽 말씀을 하고 계셔서요."

그 뒤로 분위기가 싸해진다. 사실 면접관이 다른 부문에서 온 사람들이라면 알아차리지 못할 수 있지만 경력직 채용은 담당 부서에서 직접 면접을 보기 때문에 (채용 공고도 부서에서 직접 세부 사항을 작성한다) 공고에 낸 이력과 맞지 않은 지원자가 등장하면 당황스럽다. 제품 개발 부서에서 채용하는데 생뚱맞은 경력을 가진 사람이라니. 이런 경우 해당 지원자를 후보에서 제외할 수밖에 없다. 상대방의 스펙이나 포트폴리오에 혹하는 경우가 있어 이것저것 질문하다가도 결국 지원자가 채용 공고를 정독하지 않았다는 상태를 깨닫게 되면 풍선에서 바람 빠지듯 면접관들의 힘이 빠져나간다.

운 좋게 지원자가 여러 방면에서 우수하여 경력이 없음에도 잠재력이 있다고 판단되면 채용될 수도 있다. 실제 해외 법인 재무팀장을 채용할 때 지원자가 너무 없어서 다른 관리 경력이 있는 사람을 채용한 적도 있었다. 이건 아주 예외적인 상황이다. 경쟁자가 최소 세 명 이상 되는 채용이라면 채용 공고를 숙지하지 않고 면접에 참여한 지원자는 일단 탈락이다.

사실 이런 말을 해서 미안하지만, 면접을 보다가 머리끝까지 화가 나는 순간이 이 순간이다. 지원자가 채용 공고를 이해하지 못하고 면접에 참여했을 때. 실제 회사에서 일하는 방식을 보면 (회사마다 차이는 있더라도) 보고서와 문서로 일하는 경우가 많다. 그렇기 때문에 기본적으로 글을 진득하게 읽을 수 있어야 하고 태도가 성실해야 한다. 채용 공고가 보통 열 줄 이내로 올라가는데, 이것조차 소화하지 못한 지원자가 회사에 도움이 될 거라 생각하는 사람은 거의 없지 않을까.

아이들의 문해력이 문제라고 하지만 채용해보면 어른들의 문해력도 심각한 문제가 있음을 느낀다. 이직하고자 한다면 일단 공고문을 정확하게 읽는 연습부터 했으면 좋겠다. 기본 중의 기본인데 지키지 않는 사람들이 생각보다 꽤 많다.

추가로, 지원자의 태도 관련해서 허탈한 순간이 있다. 코로나19 시대를 거치면서 '화상 면접'이라는 것이 활성화되었는데 제시간에 화상 면접에 접속하지 못해서 떨어지는 사람들도 꽤 된다. 본인이 화상 면접을 보게 되면 최소한 줌Zoom 아이디를 만들어두거나 몇 번 시뮬레이션은 해봐야 한다. 그런 노력 없이 어떻게든 흘러간다는 생각으로 임하면 간절함이 없는 사람처럼 비쳐서 합격 목걸이를 걸어줄 수가 없다.

특히 IT 기기 사용이 서툰 지원자들이라면 줌이나 웹엑스WebEx 등 글로벌 업체에서 활용하는 화상 회의 툴을 미리 사용해보길. 사실 저런 툴은 클릭만 해도 들어올 수 있는데, 들어와서 오디오나 비디오를 설정하는 데서 버벅거리기 쉽다. 아무리 내용과 사람을 보는 게 중요하다고 해도 '기본'이 안 된 사람은 첫인상부터 점수가 깎일 수밖에 없다.

가장 보람찬 순간, 가장 슬픈 순간

경력 사원 면접을 보면서 가장 보람찰 때는 작은 회사에 다니던 역량 있는 지원자를 발굴해서 연봉을 올려 채용할 때다. 실제 신입 사원으로 채용된 지원자와 경력 사원으로 채용된 지원자의 스펙을 비교해보면 신입 사원들이 훨씬 뛰어난 게 사실이다. 그럼에도 회사는 경력 사원을 계속 뽑는다. 회사 시스템 안에서 차근차근 다닌 직원들도 필요하지만, 특정 영역에 전문성을 가진 인재도 조직은 필요로 하기 때문이다.

개인적으로 신입 사원 채용보다는 경력 사원 채용이 더 보람차다(에너지도 덜 든다). 대학 입시에도 실패했고 남들이 아는 회사에 들어가는 것도 실패했지만 포기하지 않고 충실하게 인생을 살아온 사람들을 맞이할 때 오는 기쁨과 설렘이 있다. 껍질을 벗겨내 매끈한 알토란을 보고 있는 느낌이랄까. 이 알토란이 어떤 음식에서 실하게 활약할지 기대가 된다.

최근에 일에 관해 재미있게 읽은 책이 있다. 강지연·이지연 작가의 《일꾼의 말》이라는 책이다. 이 책에는 다양한 일잘러들의 이야기가 있는데, 일꾼 12 파트에는 작은 프로덕션에 다니다가 이직한 사람의 이야기가 나온다. 작가, 연인, 일꾼 12가 하는 대화 중에 작가의 연인이 "첫 단추를 잘 끼우는 게 중요하니 무조건 처음에는 큰 회사에 들어가는 것이 중요"하다고 말하는 부분이 있다. 그 말에 여러 작은 회사를 다녀본 작가는 "처음부터 좋은 회사, 좋은 대학 들어가면 좋다는 걸 누가 모르냐"며 흥분하며 반박한다. 머쓱해진 분위기에 작가는 오늘 밤 이불 킥을 예상하는데, 일꾼 12가 작가의 주장을 매끄럽게 완성해준다.

형수님 말이 맞아요. 처음에는 첫 단추를 잘못 끼웠다고 생각해서 앞으로 내 인생은 망했구나 싶었는데 그게 아니었어요. 돌이켜 생각해보니 잘못 끼운 단추

하나 없더라고요. 너무 비합리적이고 체계 없는 조직에 들어가 내가 왜 이런 곳에 와 있지 싶었던 곳에서도 다 배우는 게 있었어요. 그리고 신기한 게 그게 다 경력이 되더라고요. 맨땅에서 구른 경력을 높게 쳐준다고 해야 하나? 불만족스러운 환경에서도 열심히 노력했다는 걸 다음 스텝에서 인정해주더라고요. 그리고 정말 점프해가는 맛도 있고요. 내게 맞는 회사를 찾아가는 기쁨도요.

우리 집안에서 가장 커리어가 좋은 사람은 단연 삼촌이다. 삼촌은 SKY 중 하나를 졸업하고 메이저 언론사 편집국장을 거쳐서 지금은 퇴직하신 상태인데, 최초 입사는 작은 방송국이었다. 거기서 포트폴리오를 쌓고 특종을 터트리며 한 계단 한 계단씩 올라가 해당 업계에서 정점을 찍었다. 학력에 비해 첫 단추는 미약했지만 차근차근 도전하고 본인을 둘러싼 환경을 바꿔나갔다.

작은 회사에서 시작했다고 해서 좌절하지 말았으면 좋겠다. 특히 요즘 같은 세상에는 공채보다는 수시채용(경력 사원 채용)이 활성화되어 있지 않은가. 본인이 전문성을 가진 분야에서 꾸준히 활동하고 성과를 내다 보면 기회는 온다.

　다만 이직이 잦은 사람은 채용하기가 어렵다. 가끔 자신의 이력서를 채우기 위해 거쳐간 회사를 모두 적는 지원자들이 있다. 아무리 이직 붐이라고 해도 한 조직에서 1~2년을 채우지 못한 사람을 보면 진중함이 없어 보인다. 일단 회사는 인재를 채용하면 안정적으로 운영해야 하는데 몇 개월 다니다가 이직해버릴 사람을 뽑는 건 시간을 버리는 꼴이 되기 때문에 이직이 잦은 지원자는 일단 후보에서 제외할 수밖에 없다.

　그러면 경력 사원을 채용하면서 가장 아픈 순간은 언제일까. 채용할 때 가장 고통스러운 순간은 지원자에게 불합격 메일을 쓸 때다.

　불합격 통지는 당일에 하는 경우도 있고 한참 있다가 하는 경우도 있다. 당일 불합격 통보를 주는 지원자들은 면접관들의 만장일치로 탈락이 결정된 지원자다. 채용 공고를 잘못 읽었거나 면접 태도가 불량했거나 우리 회사와 도저히 맞지 않을 것 같은 지원자들이다. 반면에 면접을 보고 1주일 이상 뒤에 불합격 연락을 주는 지원자들도 있다. 면접관들이 모여서 토론을 해도 결정이 되지 않고 계속 고민하는 지원자의 경우에는

1주일에서 2주일까지 걸리기도 한다.

불합격 통지를 주는 방식은 보통 서면이다. 직접 전화를 안 하는 것에 관해 비매너라고 생각했었지만 가능하면 문자나 이메일의 서면 방식을 택한다. 문자나 이메일로 불합격 연락을 하는 이유는 지원자에게 마음에 준비할 시간을 주기 위함이다. 보통 전화는 합격자에게만 하는 게 통상적인 매너라 괜히 전화를 걸었다가 더 큰 좌절을 안겨줄 수 있다.

내 경우 불합격 통보를 할 때 이메일을 보낸다. 문자는 텍스트 길이도 짧고 냉정해 보일 수 있어서 구구절절 이메일을 쓴다. 보통 내가 보낸 이메일은 다음과 같다.

안녕하세요. H님, 금일 면접을 진행한 면접관 J라고 합니다.

이번 A회사 ○ 직무 채용에 참여해주셔서 진심으로 감사드립니다. 면접을 통해 H님의 우수한 역량과 자질을 확인할 수 있었으나 회사 여건상 제한된 선발 인원으로 인해 준비된 인재와 함께할 수 있는 기회를 갖지 못하여 담당자로서 매우 유감스럽게 생각합니다.

비록 이번에 저희와 함께할 수 없지만 앞으로 어떤 길로 가시든지 가진 역량을 발휘한다면 큰일을 하실 수 있을 거라 감히 말씀드립니다.

저희 회사 채용에 큰 관심과 열의를 보여주셔서 다시 한 번 감사드리고, 앞으로 H님의 앞날에 행복과 행운만 가득하기를 진심으로 기원합니다.

감사합니다.

이런 이메일을 쓰고 나면 대체로 답장이 온다. 답장은 담담하지만 우리 회사의 건승을 빌어주는 따뜻한 메시지가 대부분이다. 아쉽게 만나지 못한 지원자들의 인생이 지금보다 훨씬 더 빛나길, 아니 꼭 그러할 것이라고 믿는다.

결국 밀도 있게 살아온 사람이 웃는다

30대를 살아내며 깨달은 게 하나 있다. 지금의 나는 내가 쌓아온 시간의 결과물이라는 점이다. 오늘 내가 마주한 자신은 어제까지 내 삶이 감아온 실타래이고, 내가 들고 있는 실타래를 갖고 앞으로의 인생을 대비해야 한다.

내 실타래를 가만히 본다. 생각보다 꽤 묵직하다. 나를 만들어낸 것들 중에서 10 중 7 정도는 회사에서 만들어진 것들이다. 나머지는 가정과 취미 속에서 만들어진 것 같다. 별것 없이 흘러가는 대로 살아온 것 같은데 생각보다 단단한 밀도감에 뿌듯하다. 하지만 그것도 잠시, 이 실타래를 갖고 앞으로 만들어갈 미래를 생각하니 막막해진다.

특히 회사를 나간다면 어떻게 될까. 내가 지금까지 만들어온 실타래가 오롯이 내가 만든 걸까. 조직과 시스템이 이룬 것들인데 내가 착각하고 있는 게 아닐까. 그럼에도 나를 이루는 많은 업적은 회사에서 만들어진 게 사실이니 이것들을 최대한 활용해야겠다. 더욱더 하루의 밀도를 올리면서.

그동안 회사에서 치열하게 살았다. 한 10년 동안은 몰랐는데 관리자 반열에 올라오면서 요즘 내가 다른 사람들보다 스트레스를 받으며 자라왔다는 걸 깨닫고 있다. 어떤 화두가 떠올랐을 때 내가 쏟아내는 정보의 양과 타인이 쏟아내는 정보의 양이 차이가 난다. 아무래도 회사에서 모두가 기피하는 일을 맡다 보니 스트레스와 경험이 쌓여서 내 온몸에 각인된 것 같다. 혹자들은 내가 만든 성과들이 우연으로 인해 주어졌다고 하지만 몇 년간 지속하는 걸 보면 100퍼센트 우연만은 아니지 않을까 싶다. 내가 쥐고 있는 실타래와 남들이 원하는 결과물이 부합하는 시기라고 할까.

요즘 '밀리의서재'에서 《오십에 읽는 주역》을 읽고 있다. 이 책에서 기억에 남은 부분은, 이루고자 하는 일을 예정대로 달성해내는 강한 운을 부여받은 사람은 그만큼 스트레스에 시달린 사람이라는 점이다. 경기도 양평에 있는 용문사 은행나무는 스트레스를 받지 않았는지 무려 1000년을 살고 있다. 은행나무가 부러울 순 있지만 무정한 존재로 살고 있다. 비록 사람은 인생을 살며 스트레스에 시달리지만 유정한 존재로 살아간다.

면접을 보는 상황도 비슷하다. 많은 상황을 겪고 스트레스를 받으며 일해온 사람들이 자신만의 밀도를 보여준다. 내용도 내용이지만 면접에 임하는 태도부터 담담하다. 그간 많은 일들을 겪은 사람들은 고작 면접이라는 스트레스 상황에서 목소리가 떨리고 앵무새처럼 한 말을 또 하지 않는다. 오히려 질문에 관해 담담한 고백을 해내며 면접관들의 이목을 집중시킨다. 마인드 마이너 송길영 작가의 저서 《핵개인의 시대》에도 "결국 서사가 성공한다"는 말이 나온다. 밀도 높은 인생을 살아온 인간의 서사는 항상 흥미롭다.

면접을 보면 5년 차인데도 밀도 있게 근무한 사람과 10년 차에 설렁설렁 일해온 사람은 티가 많이 난다. 신입 사원 필승 조건으로 운동을 꼽았지만 경력 사원 이직은 무조건 열심히 일해온 사람이 유리하다. 물론 지금 조직에서 만족도가 높아서 이직을 고려하지 않는 경우도 있다. 하지만 상황은 항상 변하고 언제 사람 때문에 일 때문에 조직을 떠나게 될지 모르니, 주어진 시간에 충실하게 업무를 하는 사람이 되길 바란다. 적어도 용문사 천년 은행나무는 되지 말길. 은행나무는 절 안에 있으니 사람들이 보러 가는 것이지, 회사에는 아무 기능 없는 은행나무가 필요 없다. 차라리 공기 정화라도 하는 선인장이 나을지도.

3부

◦◦◦

짧은 순간에도
운을 끌어당기는 사람들

햇살은 피할 수가 없다

실버 라이닝Silver lining. 영어, 일본어, 한국어를 섞어가며 일하는 해외 영업러로 14년 차, 가장 좋아하는 단어를 꼽아보라면 고민 없이 이 영어 단어를 뽑고 싶다. 비가 많이 내린 후 햇볕이 들기 시작할 때 구름 사이로 햇살이 새어 나오면서 만들어내는 은색 가장자리, 희망의 빛 실버 라이닝.

실버 라이닝 하면 생각나는 사람이 있다. 전사에서 관심도가 높은 태스크포스TF에 발령을 받고 새 회의실에 앉아 자리를 정리하는데 누군가 활기찬 목소리로 인사하며 방으로 들어온다. 뜨거운 여름, 에어컨이 필요 없을 것 같은 청량한 미소를 가진 은영 씨였다. 자기

덩치보다 큰 모니터를 품에 안고 구석 자리를 찾아가는 그녀를 멍하니 쳐다봤다. 사람이 어떻게 저렇게 밝게 웃을 수 있지. 살면서 우환이라곤 없었을 것 같은 얼굴을 보는데 갑자기 내 얼굴이 보고 싶어졌다. 손거울을 주섬주섬 꺼내 유리에 반사된 내 얼굴을 본다. 축 처진 입꼬리와 매서운 눈. TF 멤버 중 막내 라인인 은영 씨와 내가 대조될 것 같아서 억지로 웃음을 지어봤지만 안면 경련만 올 뿐이었다.

TF 멤버는 열 명 남짓이었는데 하루 종일 회의를 하다가 퇴근 두세 시간을 남겨두고 각자 맡은 부분의 보고서를 썼다. 모두 다른 부문에서 끌려온 데다 각자 업무 경력과 이해도가 달라 TF 초반에 꽤 서먹했다. 다들 '적게 일하고 인정은 받고 싶은' 욕구가 은연중에 있어 눈치 싸움을 하는데, 카랑카랑한 목소리로 누군가와 통화하는 은영 씨의 한 문장이 이기적인 선배들의 태도에 경종을 울렸다.

"궁금한 게 있으시면 언제든 연락주세요."

'궁금한 게 없길 바라고, 혹시 있으시면 저 말고 다른 사람에게 물어보세요'라고 말하는 내 입장에서 서비스 센터급의 친절함을 뽐내는 은영 씨는 유리창떠들

썩파랑나비처럼 처음 보는 신기한 종류의 인간이었다. 직장 생활이라는 게 자기 일만 깔끔하게 처리해도 충분하고, 맡은 일 하나 말끔하게 처리하지 못하는 사람들은 도태되어야 하는 것이 이치인데 그런 사람들의 연락을 '언제든' 받겠다니. 세상 손해 보며 사는 순수한 처자인 것 같아 TF가 진행되는 와중에 천천히 그녀를 관찰하곤 했다.

결론적으로, 우리 TF는 성공적이었다. 성공 요인은 여러 가지가 있지만 난 단연코 그녀의 존재가 TF를 성공적으로 이끄는 데 큰 역할을 했다고 생각한다. 그녀는 내가 회사 생활을 하면서 본 사람 중에 가장 긍정적인 사람이었다. TF에서 회의하다 보면 막힐 때가 많았다. 아무래도 어려운 과제가 주어진 상태라 각 분야의 전문가들이 모여 있어도 집단 지성이 작동하지 못했다. 그럴 때 은영 씨는 "이런 고민을 선배님들과 같이해서 많이 배운다" "이런 생각은 입사하면서 처음 해봐서 자극이 된다"라는 말을 많이 했다. 사실 은영 씨의 말이 업무를 하는 데 직접적인 해결책이 되지는 못했다. 다만 경력이 많은 사람이 은영 씨의 말에 에너지에 영감을 받아 용기를 얻고 자신감 있게 의견을 개진하곤 했다.

은영 씨가 있을 때와 없을 때 회의 분위기는 180도 달랐다. 은영 씨가 있는 회의에서는 사람들이 긍정적인 에너지를 받아 계속 해결책을 제시하고 대화를 했다. 은영 씨가 없는 회의에서는 서로 한숨을 쉬거나 자신의 어려운 상황에 대해서만 토로하곤 했다. 긍정적인 태도를 가진 한 사람의 역할이 별것 아닐 거 같지만 한 명의 실버 라이닝은 많은 사람의 협력과 창의성을 촉진했다.

회의할 때마다 분위기가 유쾌해서 그런지 열 명 남짓 되는 TF 멤버들은 TF가 끝난 뒤에도 계속 친하게 지냈다. 사실 TF에 처음 발령받았을 때 조금 꺼려지는 사람들이 있었다. 하지만 긍정적인 분위기 속에서 대화하다 보니 내가 가진 선입견이 깨지고 사람들의 장점을 보게 되었다. 한 사람의 낙천적인 태도와 친절한 행동은 결과적으로 목표를 달성하는 데 영향을 줬다. 그 TF의 결과로 모든 멤버들이 포상을 받아 개인의 성취까지 연결되었다. TF가 끝나고 한참 뒤 은영 씨와 단둘이 술자리를 가졌다. 닮고 싶은 부분이 많은 그녀라서 조심스럽게 물었다.

"은영 씨, 은영 씨는 정말 밝은 것 같아요. 부러워요."

"그런가요. 하하하. 좋게 봐주셔서 감사해요."

"화목한 가정에서 사랑 듬뿍 받으며 자란 사람이죠? 티가 많이 나요."

내 말을 들은 은영 씨 표정이 잠시 굳는다. 머뭇거리는 그녀를 보면서 뭔가 실수를 했다는 기운이 확 느껴져 화제를 돌리려는데, 그녀는 입술에 힘을 주며 이렇게 말했다.

"사실 중학교 때 부모님이 이혼하셨어요. 개인적으로 충격적인 일이었는데, 동생이 있다 보니 억지로 더 밝으려고 노력했던 거 같아요."

그 말을 듣자마자 내 눈꼬리 입꼬리가 모두 내려가고 정신을 차려보니 내 입에서 미안하다는 소리만 메아리처럼 반복되고 있었다. 울먹이는 내 목소리에 놀란 은영 씨는 손사래를 치며 괜찮다고 말했다. 그녀의 피나는 노력의 결과물인 '긍정적 태도'를 타고난 것으로 치부해버린 내게 실망스러웠고, 한편으로 어려운 상황 속에서도 남을 탓하지 않고 자기 주도적으로 삶을 일궈나간 그녀가 존경스러웠다. 은영 씨는 단순히 해맑은 사람이 아니라 가장 좌절된 상황 속에서 삶을 일으킬 수 있는 태도를 찾아 부단히 노력해온 노력파였다.

"Every cloud has a silver lining". '모든 구름은 희망의 빛이 있다'는 속담이다. 아무리 큰 먹구름이 해를 가려도 은빛 가장자리가 비친다면 우리는 희망을 가질 수 있다. 한 사람의 긍정적인 태도가 별것 아닌 거 같지만 점점 햇살이 구름을 뚫고 뻗어나가면서 결국 세상을 광활한 빛으로 뒤덮는다. 어두컴컴한 상황 속에서도 은빛 가장자리가 되보려고 노력하는 사람은 눈에 띈다.

태도는 하루 아침에 생기지 않는다. 한 사람이 영위해온 꾸준한 생활 습관이 모여서 태도가 만들어진다. 염세와 포기가 만연한 세상에서 경쟁력을 갖기 위해서는 긍정적인 자세, 할 수 있다는 생각을 온몸에 새겨보는 연습이 필요하다. 사람들이 모이면 모일수록 밝은 빛을 뿜어내는 은영 씨 같은 사람에게 눈길이 갈 수밖에 없다. 이왕 인생을 잘 채워가기로 마음먹었다면 먹구름보다는 실버 라이닝이 되어보는 게 어떨지.

가장 인간 같은 로봇

원빈 씨의 별명은 로봇이다. 오늘도 원빈 씨는 칼각이 잡힌 슈트에 기름기 없는 굳은 표정으로 모니터를 바라보고 있다. 그가 주로 하는 일은 데이터 분석이다. 숫자를 주로 보다 보니 다양한 업무 툴 중에서도 엑셀을 주로 사용한다. 로봇처럼 앉아 키보드를 규칙적으로 두드리고 있는 원빈 씨를 보며 회사 사람들은 옆자리에 앉아 있는 날 걱정해준다.

"원빈 씨랑 일하는 거 괜찮아? 소통이 잘 안 될 것 같은데."

그런 질문을 받을 때마다 이렇게 답한다.

"공감 능력 뛰어난 사람 한 트럭이 와도 나는 원

빈 씨랑 일할 거다."

사실 처음 원빈 씨를 우리 부서로 받았을 때 불안감이 없었던 건 아니었다. 처음 영업부서 선임이 되던해, 내 부장은 본부 여러 직원 중 누구를 부서원으로 받으면 좋을지 물었다. 경영 전공 T, 국문학 전공 S, 공대 출신 원빈 등 서너 명의 선택지가 있었다. 부장은 경영 전공인 T를 받고 싶어 했지만 난 원빈 씨를 받는 게 나을 거 같다고 했다. 영업을 잘하기 위해서는 여러 요소가 필요한데 T나 S 등 문과 출신들이 가진 역량은 같은 문과 출신인 나도 비슷하게 갖고 있었다. 우리 사업 부문의 시너지를 위해서는 내가 보지 못하는 부분을 볼 수 있는 사람이 필요했다. 원빈 씨에 관해 잘 몰랐지만 기획 부서 동료들에게 물어보니 숫자를 잘 본다는 말을 들었다. 숙고 후에 부장에게 아무래도 원빈 씨가 제일 나을 것 같다고 했고, 부장은 내 결정을 수용해줬다.

원빈 씨가 우리 부서에 발령받은 후에 있었던 첫 부서 회의를 잊지 못한다. 항상 그랬듯 우리 부서는 아침 9시부터 한 시간 정도 실적 회의와 다음 달 계획을 세웠다. 마케팅 지표와 브랜딩에 관해 열띤 토론을 벌이는데, 잠시 이상한 낌새를 느낀 부장이 원빈 씨에게 질문을 했다.

"원빈 씨 혹시, 우리 무슨 말 하는지 이해해요?"

회사 다이어리에 흰 공간이 안 보일 정도로 까만 글씨를 빽빽이 적고 있던 원빈 씨가 고개를 확 들더니 자신 있게 말했다.

"아니요. 하나도 모르겠습니다."

거기서 다들 웃음이 터졌다. 다른 사람이었다면 조금은 아는 척이라도 했을 텐데 자신이 모르는 건 담백하고 솔직하게 답하는 원빈 씨의 패기가 놀라웠다. 공대생이라고 다 저런 건 아니지만 아닌 건 확실하게 아니라고 말하는 부분이 부럽게 느껴지기도 했다.

사실 원빈 씨는 입사 후 계속 기술과 관련된 부서에 있어서 영업과 마케팅을 주로 다루는 우리 부서 업무에 관한 이해도가 낮았다. 업무와 직접적으로 연관된 키워드를 물어보면 아는 게 거의 없어 5년 차 원빈 씨를 신입 사원 다루듯 하나하나 가르쳤다. 이것까지 알려줘야 하나 싶은 마음이 들기도 했지만 뭐든 흡수하려는 태도와 자세가 좋아서 일단 알려줬다. 중간에 도저히 그가 이해하지 못하는 부분이 있어 그를 부서원으로 받은 걸 10초 정도 후회한 적은 있지만 《논어》〈술어〉편에서 공자가 "세 사람이 함께 길을 가면 그중에 반드시 내 스승이 있다"고 했던 말을 떠올리며 원빈 씨가 내게 어떤 배움이라도 줄 거란 생각으로 계속 가르쳤다. 만약 그가 잘 이해한다면 좋은 일이고, 만약 영원히 배우지 못한다면 공대생은 앞으로 우리 부서에 받지 않는 걸로 하면 되니까. 원빈 씨를 우리 부서에 적응시키는 과정은 어떻게든 직장 생활에서 경험치를 쌓을 수 있는 도전이었다.

서서히 성장하는 원빈 씨를 보는 기쁨으로 점철되던 어느 날, 우리 회사가 갑자기 독일형 시스템을 들여왔다. SAP로 불리는 시스템인데, 기업에서 활용하는 통합 데이터 시스템 중 하나로 데이터 집약 및 비용 절감 효과가 있어 많은 기업이 도입하고 있다. 특히 SAP의 강점은 기업이 사용하는 비용을 효과적으로 분석하고 불필요한 비용을 덜어낸다는 점이다.

우리 부서도 SAP 도입 이후 매출을 분석하는 관점이 180도 바뀌었다. 예전에는 매출을 일으키고 원가, 비용, 영업 이익까지 산출하고 활동을 평가했지만 SAP 시스템 안에서는 비용을 더 세부적으로 분석할 수 있었다. 직접비로 분류되는 광고비부터 우리 사업 부문을 지지해주는 경영관리 부서의 인건비, 상품 개발비 등 전반적인 비용들을 세부적으로 볼 수 있어 고도화된 정보 분석이 가능할 거라 기대했다.

그런데 기대와는 달리 SAP 도입 이후 첫 결산 때 우리 부서는 다른 부서에 비해 수익성이 압도적으로 나쁜 걸로 평가받았다. 분명 1년 전까지만 해도 회사에 수익을 가져다주는 고수익 사업이었는데, 시스템이 바뀐 이후로 회사의 골칫덩이로 평가받으며 부장과 선임인 난 감사를 받고 관리부서의 부름을 받았다.

기존 시스템이었다면 원인과 결과를 바로 찾았겠지만 숫자를 볼 수 있는 접근조차 제한된 SAP 시스템에서는 누군가 뽑아준 숫자만 보고 무기력하게 있을 수밖에 없었다. 부장과 감사실에 다녀와 무기력하게 앉아 있는데, 원빈 씨가 다가온다.

"선배님, 제가 데이터 센터에서 샘플 자료를 받아서 분석해봤는데요, 저희 부서에 배부되는 비용이 다른 부서에 비해 과하게 높은 것 같습니다. 그 이유는…."

원빈 씨는 모든 부서에 배부된 비용을 분석해보고 우리 부서가 타 부서에 과다하게 배부된 이유를 찾아냈다. 매출 대비 원가가 높다는 이유였는데, 우리 부서 제품들이 원가가 높은 이유는 고부가 가치 제품을 소비자에게 판매하기 때문이었다. 그런데 비용이 매출원가를 기준으로 배부되다 보니 자동으로 비용이 많이 배부되었다는 거다. 온당한 배부 사유가 아니었다.

"게다가 간접비 안에서 경영지원 판관비도 저희 부서가 유독 높습니다. 뜯어보니…"

비용 안에서도 직접적으로 사업과 연관되는 직접비와 간접비가 있는데, 간접적으로 배부되는 비용에서 우리 부서와 전혀 연관성 없는 것들이 발견되었다.

결과적으로 원빈 씨의 활약으로 우리 부서에 배부되는 비용이 합당하지 않음을 알게 되었다. 이 사실을 알게 된 부장님과 나는 SAP 담당 부서에 가서 기준을 바꾸는 걸 협의했고 다시 우리는 고수익을 창출하는 부서가 되었다. 아마 숫자를 디테일하게 보는 원빈 씨가 없었다면 아무도 잘못 배분되는 비용에 관해 알 수 없었을 거다.

여전히 원빈 씨는 마케팅과 브랜딩을 잘 이해하지 못한다. 밑 빠진 독에 물 붓기라는 생각이 들어 속이 답답할 때도 있지만 이런 원빈 씨를 보면서 나도 리더십에 관해 다시 배운다. 유명한 팀 리더십 책 중에 《유능한 관리자》라는 책이 있다. 이 책에는 관리자에 관한 다양한 이야기가 나오는데 핵심은 사람은 안 변하니 못하는 걸 보완하지 말고 잘하는 걸 잘 시키는 게 중요하다는 거다. 팀원들이 뭘 잘하는지 잘 파악하고 그에 어울리는 일을 할 수 있게 하는 게 유능한 관리자의 덕목이라는 것이다.

숫자를 잘 보는 원빈 씨에겐 계속 숫자를 보는 일을 줄 생각이다. 그래도 가끔은 그가 엑셀만 보는 게 지겨울 수 있으니 종종 성수동에 있는 다양한 팝업 스토어에도 가보게 하고 브랜드 강의도 보낼 생각이다. 자신이 가진 강점을 기반으로 더 업그레이드되길 바라면서. 이른 시일 내에 원빈 2.0이 되길 바란다.

저는 배 속에 아이가 있습니다

내가 입사 시험을 치르던 2011년은 국내외로 격동의 시기였다. 옆 나라 일본에서는 동일본 대지진이 발생했고, 글로벌 경제는 유럽발 재정 위기로 인해 2008년 리먼 브라더스 사태처럼 대공황이 예고되고 있었으며 한반도에는 북한 지도자 김정일이 사망하면서 평온한 땅에 잠시 냉랭한 기운이 돌았다. 어느 해나 다사다난하지만 유독 내가 취업을 준비하던 2011년은 긴장을 늦출 수 없던 한 해로 기억한다.

취업시장도 급속히 얼어붙어 채용 공고가 거의 없다시피 했는데 다행히 필기와 면접을 치른 기업의 최종 면접 대상자로 연락을 받았다. 면접 대기실로 들어가니 검은색 정장을 입은 지원자들이 A4용지를 들고 조용히 중얼거리고 있다. 그들의 간절함을 100퍼센트 헤아릴 순 없겠지만 이날 면접을 위해 다들 얼마나 준비했을지 짠한 마음도 들면서 나 또한 이들과 경쟁하는 처지라는 게 안타까웠다.

대기실에 도착해서 10분 정도 지나니 내 이름이 호명되었다. 나와 함께 최종 면접에 들어갈 사람들은 나까지 다섯 명이고, 면접장 앞에 들어가는 순서대로 나란히 앉아 있었다. 내 왼쪽에는 몸이 작고 왜소한 여성 지원자, 오른쪽에는 훤칠한 남성 지원자, 그 옆에는 순박해 보이는 남성 지원자와 도회적이고 세련되게 생긴 여성 지원자가 있었다. 일단 두 번째 자리에 배정되어서 첫 질문을 받는 사람이 아니라는 게 다행이었다. 안심은 잠시, 왼쪽에 있는 여성 지원자가 달달 외우고 있는 종이를 흘끗 보니 준비한 내용이 상당했다. 게다가 나와 같은 글로벌 지원자 아닌가. 왼쪽을 쳐다보니 더 긴장되고 마음이 힘들어지는 거 같아 오른쪽에 앉은 남성분에게 말을 걸었다.

"긴장되네요."

"네."

단답형으로 말을 끝내버리는 남성 지원자. 사실 대기하는 장소에서 잡담하거나 떠들면 인사 담당자에 의해 감점이 되는 걸 알고 있었지만 한 단어라도 입 바깥으로 내지 않으면 나를 둘러싼 긴장감에 잡아먹힐 거 같았다.

곧이어 면접이 시작되었고, 회사 홈페이지에서 본 임원분들이 나란히 앉아 있었다. 하루 종일 면접을 보느라 피곤하셨는지 표정이 다소 밝아 보이진 않았다. 예전의 나라면 어색한 분위기를 깨려고 노래라도 불렀겠지만, 타 회사 면접에서 노래를 불렀다가 광탈한 기억이 있어서 그냥 어색하고 긴장된 분위기에 몸을 실었다.

면접은 생각보다 평이했다. 지원 동기, 살아오면서 위기를 극복한 기억, 평소 주변인에게 어떤 평가를 받는지 등 충분히 예상했던 질문이 나왔다. 글로벌 지원자였기 때문에 외국어를 시킬 줄 알고 열심히 준비해 갔는데 한마디도 시키지 않았다. 생각해보니 실력이나 스펙 등은 실무 면접에서 이미 충분히 검증되었기 때문에 최종 면접에서는 계량된 뭔가를 평가하기보다는 조직에 적합한 태도와 신입 사원다운 열정을 갖췄는지만 확인하는 느낌이었다.

마지막으로 면접관 중에 가운데 앉아 있던 사장님이 질문했다.

"마지막으로 하고 싶은 말이 있으면 해보세요. 왼쪽부터."

종이를 달달 외우던 여성 지원자부터 말을 했다.

"주식회사 ○○○은 산업 전반을 리드하는 넘버원 기업입니다. 이 회사에서 제 열정을 다 바쳐 선배님들이 일궈놓으신 성과를 견인하고 더 빛난 미래를 그려가겠습니다."

깔끔하고 흠잡을 곳 없는 포부였다. 작게 감탄하고 있던 내 마음과 달리 내 앞에 있는 면접관들은 심드렁한 표정을 짓고 있었다. 아마도 비슷한 말을 앞선 지원자들에게서 많이 들었을 거다. 두 번째 내 차례, 나도 준비한 내용을 말했다.

"주식회사 ○○○의 브랜드 J는 전 국민이 사랑하는 프리미엄 브랜드입니다. 이 브랜드의 가치를 지키기 위해 힘을 보태고 앞으로 더 성장하는 모습을 보여드리겠습니다."

카랑카랑한 목소리로 열심히 대답했는데 벼가 고

개를 숙이듯 점점 고개를 내리는 면접관들. 내가 봐도 뻔한 대답이다. 내 오른쪽에 있던 남성 지원자가 대답할 때 면접관들을 자세히 봤는데 내가 대답할 때 떨궈버린 고개를 도무지 들고 있지 않았다. 그런데 갑자기 네 번째 지원자였던 남성 지원자의 한마디에 모든 면접관이 고개를 들었다.

"지금 아내의 배 속에 아이가 있습니다."

면접관뿐이랴. 옆에 앉아 있던 지원자 네 명도 전부 그를 쳐다봤다. 20대 중반도 채 안 된 것 같은 지원자가 아빠라니. 아니, 아이가 있다는 걸로 그 뒷말을 어떻게 할 건지 궁금해서 방 안에 있는 모든 사람이 그의 입을 쳐다봤다.

"이 아이를 위해서 저는 최선을 다할 수밖에 없습니다. 꼭 저를 뽑아주십시오."

저 이야기를 듣고 든 생각 첫 번째, 저 사람은 무조건 뽑히겠다. 두 번째, 난 망했다.

다음 날, 우울한 기운에 집에서 대자로 뻗어 있는데 문자가 왔다. 합격했다는 문자였다. 내가 생각한 합격의 순간은 핸드폰을 들고 거실로 나가서 덩실덩실 춤을 추는 거였는데 그냥 어이가 없어서 멍하니 문자만 쳐다봤다. 무조건 불합격이라고 생각했는데 합격이라니. 어제 면접장 분위기를 생각하면 절대 합격할 수 없는데 아무래도 필기와 실무 면접 점수가 괜찮았나 보다. 안도의 한숨을 내쉰 뒤, 궁금해졌다. 그 아이 아빠는 합격했을까. 신입 사원 연수원에 도착한 날, 궁금증은 바로 해소되었다. 그 지원자가 연수원 대문에서 담배를 피우고 있었기 때문이다.

지금은 아이 셋의 아빠인 그는 나와 함께 13년 동안 같은 본부에서 재직하고 있는 동기 용이다. 우리 본부는 전사에서 업무가 힘들어 사람들이 못 버티기로 유명한 곳인데 용이와 나는 이곳에 붙박이처럼 붙어서 역사를 함께하고 있다. 용이와 내 포지션은 180도 다르다. 내가 할 말 다 하는 매서운 느낌이라면 용이는 항상 누군가에게 사정하고 있고 때론 살려달라고 구걸하고 도와달라고 읍소하고 있다. 자존심이라고는 엄마 배 속에 놓고 온 것 같은 용이를 싫어하는 사람을 본 적이 없다. 용이에게 어려운 상황이 있으면 모두 발 벗고 그를 도와준다. 다른 사람은 몰라도 용이는 도와주자, 아무리 그래도 용이는 이해해주자는 등 여론이 형성된다. 많은 사람의 인정과 사랑에 힙입어 용이는 항상 최고의 성과만 낸다. 같은 동기지만 나보다 인사 고과가 좋고 승진도 나보다 빠르다.

입사 동기인 용이의 앞서감에 관해 질투를 느끼냐 묻는 동료들이 있다.

"시드니, 그래도 동기인데 먼저 승진해서 좀 그렇지 않아?"

그런 질문을 받을 때마다 난 고개를 절레절레하며 말한다.

"전 죽어도 용이처럼은 못 살아요. 용이는 정말 대단합니다."

순박한 성격 때문에 이리저리 끌려다니는 듯 보이지만 가만히 보면 용이는 결국 자신이 원하는 바를 이뤄낸다. 데이터로 일하는 것도 좋지만 결국 사람의 마음을 움직여야 일이 되는 거라는 걸 용이를 보며 배운다. 그의 승승장구를 빈다. 제발 회사에서 쭉쭉 치고 나가서 날 좀 끌어줬으면 좋겠다.

성급한 책임충

입사 1년 차를 떠올리면 아찔하다. 신입 사원에게 가장 악명 높은 기획부서에 배속되어 이렇다 할 교육 없이 불같은 성격의 부장을 만나 아침 출근부터 막차가 끊기기 직전까지 일만 했다. 누군가는 신입 사원치고 근성 있게 일을 잘한다고 했지만 사실 그 일들을 머리로 이해하고 한 건 아니었다. 소리를 지르며 보고서를 던지는 부장에게 조금이라도 덜 혼나기 위해 일단 뭐든 빈 공간을 써내려갔던 시절이었다.

사수를 잘 만나 차근차근 교육받는 옆 부서 동기들을 보며 부러움과 시기가 들기도 했다. 당시 내 상태는 푸아그라 같았다. 소화할 수 있는 용량은 한정되어 있는데 먹이를 강제로 주입해 살찌움 당하는 거위 같다고나 할까. 스트레스를 받아 간이 비대해지고 지방이 쌓이는 거위처럼 무슨 말인지도 모를 보고서를 쓰고 있었다. 내가 쓴 보고서를 보니 그럴듯했다. 내용 없이 대충 기술만 쌓여가고 있는 스스로가 무서울 때도 있었다.

지금 돌아보면 그런 식의 신입 사원 교육은 학대에 가까운 것 같다. 가끔 별 이유 없이 회사를 그만두고 싶어지는데, 그때 기억이 뼛속까지 새겨져 있어서 그런 것 같다. 마치 트라우마처럼 멍하니 모니터를 바라보고 있는데 1년 차 때 고함을 지른 사람들의 목소리와 벌벌 떨던 내가 생각난다. 푸아그라용으로 사육된 거위의 치사율이 정상 사육 거위의 치사율보다 약 20배 높듯이 그 시절 기억 때문에 회사 근무 기간이 남들보다 길지 않을 것 같은 기분도 든다.

그 시절을 버틴 하나의 장점이 있다면 어떤 일이든 '완성'을 하는 습관이 생겼다는 거다. 갑자기 몰아친 태풍을 피하는 수명성 업무를 많이 하다 보니 누군가 일을 갑자기 던져도 일정 수준의 품질을 가진 아웃풋은 낼 수 있었다. 시간 대비 도출하는 아웃풋이 빠르다 보니 일이 점점 늘어났다. 회사는 참 영리하게도 나 같은 호구를 잘 알아본다. 공장식으로 찍어내는 보고서를 쓰다 어느 순간 번아웃이 왔다. 상사와 오랜 면담 끝에 부서를 옮겼고 조금 부담을 덜게 되었다.

그런데 한번 호구는 영원한 호구인지 아니면 세상이 내게 호의적이지 않은 건지, 얼마 되지 않아 'MZ세대'라는 키워드가 회사를 뜨겁게 달궜다. '엠지'로 발음되는 이 세대의 특성은 회사보다는 개인의 행복을 추구하고, 소유보다는 공유를 추구했다. 부서를 택할 때도 승진이나 포상 등 회사에서 제공하는 미래 가치보다는 당장 현재의 경험치를 쌓을 수 있는지에 초점을 맞췄다. 무엇보다 인상적인 건 시계가 오후 6시를 가리키면 정확히 회사를 떠나는 쿨한 자세였다.

하지만 회사 일이 정해진 시간에 다 끝나면 얼마나 좋겠나. 프로젝트를 하다 보면 잔업이 생기기도 하고 윗사람들의 부름에 술자리에 끌려가기도 한다. 누구나 일은 하기 싫고 누구나 회식은 싫지만 누군가는 그 자리를 지켜야 할 때도 있다. 가만 보면 회사에서 프로젝트를 하는 건 마치 까나리액젓 1리터를 함께 나눠 마시는 일과 같다. 열 명이 100밀리리터씩 사이좋게 나눠 마시면 좋겠지만 열 명 각각의 업무 역량과 배경이 다르다 보니 누군가는 본인에게 할당된 양을 다 먹지 못한다. 결국 1인분보다 더 많은 양의 까나리액젓을 마셔야 하는 사람은 MZ세대보다 더 회사의 생리를 이해하는 나 같은 사람이다.

모두가 떠난 자리에 가만히 앉아 차고 넘치게 남은 까나리액젓을 바라본다. G는 50밀리리터만 마셨고, R은 20밀리리터만 마시고 퇴근했다. 다행히 M이 110밀리리터 정도 마셔줬지만 여전히 많은 양이 남아있었다.

그때, 저 멀리서 소희 씨가 걸어온다.

"혹시 제가 뭐 도와드릴까요?"

소희 씨는 나보다 네 살이 어린, 같은 팀 직원이다. 회사에 왜 이 시간까지 남아 있냐고 물어보니 남자친구랑 약속이 있어서 기다릴 겸 남아 있었다고 한다. 짧은 시간이었지만 소희 씨와 이런저런 이야기를 나눴다. 한참 내 이야기를 듣던 소희 씨가 키득거리더니 별명을 지어주겠다고 했다.

"시드니 별명은요, '성급한 책임충'이에요."

성급한 책임충? 그게 뭐냐고 물었더니 모든 일을 자신이 나서서 하려는 책임감을 가진 사람이라는 거다.

문제가 터졌을 때 해결에 집중하려고 달려들지만 그러다가 혼자 독박을 쓰고 책임감을 보여준다고 해서 주변 사람들이 고마워하지 않는, 아주 불쌍한 사람이라는 것. 나를 분석한 소희 씨의 말을 듣고 뭔가 일하고 싶은 생각이 싹 사라져서 무력하게 있으니 그녀가 등을 토닥이며 말한다.

"제가 도와드릴게요! 같이해요. 저도 성급한 책임충이거든요!"

그렇게 소희 씨와 며칠 야근을 하며 업무를 마무리했다. 완성된 프로젝트에 관한 발표는 가장 연차가 높았던 내가 하게 되었다. 나와 팀원들 아홉 명이 들어간 회의실에는 우리를 평가하는 상사들이 근엄한 표정으로 앉아 있었다. 첫 페이지를 열고 두 번째 페이지부터 질문이 쏟아졌다. 분위기는 아주 싸했다. 마치 작정하고 나를 패려는 게 아닌가 싶을 정도로 공격적인 질문과 맥락 없는 꼬투리 잡기가 이어졌다. 나중에 알게 되었지만 상사들은 듣고 싶은 답이 있었다고 한다. 사내 정치와 관련된 거였고, 나도 그걸 알고는 있었지만 시장 현황을 분석한 결과 그들이 원하는 답을 줄 수 없었다.

ооо

흠씬 두들겨 맞다가 이렇게 마무리되면 팀원들이 멘붕이 올 것 같아 또 '성급한 책임충'의 성향을 살려 직언을 했다. 원하시는 방향성도 충분히 이해하지만 제 위치에서는 이렇게밖에 말할 수 없다고. 싸한 분위기 속에서 회의가 끝나고 상사들은 불쾌한 기분을 풍기며 자리를 떴다.

며칠 후 부서 워크숍을 갔다. 그날의 발표로 인한 여운이 없었던 건 아니지만 최대한 태연한 척했다. 그래야 할 거 같아서였고 나쁜 일은 빨리 잊는 게 날 위해서도 나았다. 저녁 술자리, 내 옆에 다가온 소희 씨가 엉엉 울기 시작한다.

"왜 울어요? 무슨 일이에요?"

"그때 회의에서 도와드리지 못해 죄송해요. 말이 안 나오더라고요."

혼자 융단 폭격을 맞은 날 보며 도와주고 싶었지만 험한 분위기에서는 누구나 말이 막히곤 한다. 내 입장에선 동료들이 도와주길 전혀 바라지 않았기에 소희 씨의 눈물이 당황스러웠다. 어차피 발표자는 나였고 질문에 답해야 하는 사람이 있다면 그건 나였으니. 그래도 고마웠다. 까나리액젓을 끝까지 같이 마셔주려는 마음, 무거운 짐을 어떻게든 조금이라도 나눠서 들려는 예쁜 마음에 나도 고개를 숙였다.

아서 힐러 감독의 영화 〈러브스토리〉의 주인공 제니퍼가 올리버에게 했던 유명한 대사가 있다.

"사랑은 미안하다고 말하지 않는 거예요Love means never having to say you're sorry."

고개를 떨군 채 엉엉 우는 소희 씨 어깨를 토닥였다. 사실 소희 씨는 미안해하지 않아도 된다. 왜냐하면 내가 소희 씨를 많이 좋아하게 되었으니까.

소희 씨처럼 함께 짐을 짊어지려는 사람이 있는 반면 어떻게든 가성비 높여 일을 덜 하려는 사람들이 있다. 당장은 일을 덜 하는 사람들이 이득인 것 같고 일하는 사람들이 손해를 보는 것처럼 불평등해 보이지만 회사는 여러 개의 눈이 있다. 다들 안 보는 것 같지만 사람들 하나하나를 평가하고 있고 소희 씨처럼 책임감 있는 업무 태도를 가진 사람들에겐 더 많은 기회가 주어진다.

이번 승진 인사에서 한 임원이 내게 상담을 했다. 내가 팀에서 추천한 사람은 당연히 소희 씨였다.

K-첫째의 책임감

알파벳 K 뒤에 명사를 붙여 한국Korea의 우수성을 자랑하는 'K-○○' 밈이 돌 때 자랑하는 마음 대신 안쓰러운 마음이 드는 밈을 발견했다. 바로 'K-장녀 특징'. 장녀가 아닌 내가 온전히 이해할 순 없지만 누군가 만들어놓은 아홉 가지 특징을 쭉 읽고 나니 K-장녀를 대표하는 키워드는 책임감이란 생각이 들었다.

K-장녀 특징
① 자기 이야기를 잘 안 함.
② 예쁘다, 잘했다 등 칭찬 들으면 리액션 고장 남.
③ 아빠보다 더 무뚝뚝함.

④ 어딘가 돌아 있지만 수습할 수 있을 만큼 돌아 있음.

⑤ 뭐든 1인분 이상 함.

⑥ 공감력이 과몰입 수준으로 높음.

⑦ 대부분 양보를 잘함.

⑧ 같은 K-장녀 레이더 보유.

⑨ 부모님, 특히 엄마에게 이해받고 싶음.

아홉 가지 특징을 읽자마자 바로 한 명이 떠올랐다. K-장녀의 대명사, 가연 씨. 회사 동료 중에 체격이 작아서 눈에 잘 띄지는 않지만 어딜 가나 존재감이 큰 그녀. 특히 그녀가 빛나는 순간은 프로젝트를 진행하다가 위기를 맞이했을 때다.

한번은 회사 영업 이익을 개선하기 위한 TF를 했던 적이 있다. 여덟 개의 사업 부문의 선임 과장들이 본사로 올라오고 나도 우리 본부 선임으로 차출되어 전략본부 산하 직할 TF에서 한 달간 일을 했다. 가연 씨는 전략기획본부 선임 밑에 있는 담당자였는데 전체 본부의 의견을 수렴해서 종합 보고를 하는 역할이었다.

초반에는 프로젝트가 순조롭게 진행되는 듯싶었

다. 영업 이익을 개선하기 위해서 제조본부에서는 공정을 효율화해야 하고 원료본부에서는 낮은 원가의 원자재를 수급하는 계획을 세웠다. 나처럼 판매단에 있는 영업 파트 사람들은 납품가, 소비자 가격을 올리거나 투입되는 판촉비를 줄이는 방안을 마련해서 보고서를 쓰고 있었다. 다양한 본부 사람들이 모여서 토론을 중심으로 진행되었기 때문에 각각 본부의 의견에 관해 이견이 있더라도 대화를 통해 이견을 좁혀가고 있었다. 중간보고서를 쓰는 과정에서도 도입부는 전략본부, 각 세부 플랜에 대해서는 테마에 해당하는 본부 선임이 작성해서 스마트하게 프로젝트가 진행되고 있었다.

중간보고하는 날. 각 본부의 의견을 취합하여 종합 보고서를 만든 가연 씨는 본인의 사수인 전략본부 선임과 함께 임원진에게 중간보고를 했다. 보고 현장에는 나 같은 본부 선임들은 들어가진 않았고 회의실에서 대기하면서 메신저 창에 뜨는 질문에 관해 실시간으로 대답해주곤 했다. 한 시간 정도 예정되던 보고가 점점 늦어지더니 세 시간이 넘어서야 끝났다. 회의실로 터덜터덜 들어오는 전략본부 선임의 표정을 보고 모두들 직감했다. 보고가 잘되지 않았고 다시 원점에서 다시 시작해야 한다는 걸.

그 후로 1주일 정도 더 프로젝트를 진행했지만 초반과 분위기는 매우 달랐다. 다들 열심히 조사하고 궁리한 내용을 갖고 방책을 마련했는데 일부 개선도 아니고 원점이라니. 나도 다른 본부 선임들처럼 기운이 빠진 상태라 일이 잘되지 않았다. 멍하니 모니터를 바라보며 이제 어떤 내용을 써야 하나 고민하고 있는데 임원진 중 한 분이 회의실로 들어온다. 그는 중간보고가 실망스러웠고 내부 토론 결과 내부 인원들에게 개선 방안 마련을 맡길 수 없어 글로벌 컨설팅 업체를 통해 이슈를 해결하기로 했다고 했다. 그 말을 듣는 순간 TF 회의실에 있던 선임들은 할 말을 잃었다. 몇몇은 더 이상 TF를 하기 어렵고 현업으로 돌아가겠다고 했다. 그럴 만했다. 이럴 거면 애먼 사람들 모아놓고 몇 주간 일을 왜 시킨 건지.

TF는 흐지부지되었고 영업 이익 개선 프로젝트는 글로벌 컨설팅 업체들 손에 주어졌다. 거기서 TF 멤버들을 놔줬다면 좋았을 텐데 회사의 내부 사정과 업계 환경을 모르는 컨설턴트들의 교육을 TF 멤버들이 담당해야 했다. 글로벌 컨설팅에 어렵게 입사한 아이비리그

출신 고스펙 컨설턴트들에겐 죄송하지만 대학을 막 졸업한 앳된 20대 중반 남녀에게 회사 상황을 설명하고 대안을 바라는 게 코미디처럼 느껴졌다. 설명하다 보면 내가 왜 문제도 알려주고 답도 알려줘야 하는지, 그럼에도 내 월급은 왜 그들보다 절반 이상 낮은지 하는 의구심만 들어서 교육을 하는 내내 의욕이 없었다. 그래도 레이스는 완주하자는 생각에 붙어 있던 나였지만 초기 TF 멤버들은 한 명씩 자신의 원래 자리로 돌아갔다.

많은 사람이 이탈하고 상처만 남은 TF에서 끝까지 자리를 지킨 사람은 가연 씨였다. 가연 씨는 각 본부 선임들의 고충을 듣고 열심히 메모했다. 그걸 갖고 글로벌 컨설팅 업체들에게 열심히 설명하여 최선의 대안이 나올 수 있도록 내부 및 외부에 협조를 구했다. 본인보다 훨씬 선배들이지만 투덜거리는 선임들을 달래면서 위로해가면서 원하는 정보를 얻어내고 이 프로젝트 목적이 흔들리지 않도록 중심을 잘 잡았다.

TF가 마무리되고 글로벌 컨설팅 업체가 제시한 보고서에는 우리가 중간보고했을 때 제시했던 방안이 그대로 담겨 있었다. 웃프게도, 내부 인력들이 쓴 보고서를 보고 불신했던 임원들이 같은 내용을 앵무새처럼 써놓은 글로벌 컨설팅 업체 보고서를 보고는 만족했다는 거였다. 어이없는 상황이지만 그래도 각 본부에 도움이 될 수 있는 내용으로 컨설팅이 진행되어서 결과적으로는 담당자들이 만족할 만한 결과가 나왔다. 이 결과가 나올 수 있던 배경에는 여러 가지가 있겠지만, 내가 보기에는 자리를 끝까지 이탈하지 않은 가연 씨 덕분이란 생각이 든다.

요즘 MZ 사원들의 책임감에 관한 의구심이 많다. 다들 쉬운 일을 찾아서 하려고 하고 중도 이탈에 관해 별 죄책감이 없어 보인다. 하지만 어떤 일이 주어지든 끝까지 자리를 지키며 일정 수준의 품질 결과물을 내어 놓는 가연 씨는 눈에 띄는 재원이다.

특히 요즘처럼 젊은 직원들의 이직이 활발한 시기, 회사에서 기밀이 유지되어야 하거나 중요한 일에서 MZ를 잘 끼워주려고 하지 않을 때도 많다. 그럼에도 "요즘 MZ 같지 않다"라는 평을 받으며 여기저기 이름을 올리는 사람이 바로 가연 씨다.

TF를 끝나고 나서 가끔 가연 씨랑 점심을 먹는다. 동생이 둘 있는 가연 씨는 전형적인 K-장녀. 월급을 받아서 집에 일부 보내고 아직 대학생인 동생들의 용돈을 챙긴다. 회사를 생각하는 만큼 가족을 생각하는 그녀. K-장녀의 모든 특성을 갖고 있는 그녀가 안쓰럽기도 하다. 밥을 같이 먹는데 몇 숟가락 집어먹지 않는 그녀의 밥공기를 보며 좀 더 먹어야 하는 거 아니냐고 물으니 탄수화물을 많이 먹으면 더부룩해서 오후에 일이 잘 안 된다고 답하는 그녀. 일을 더 잘하려고 식단까지 조절하는 가연 씨의 프로 의식에 혀를 내두르고 간다.

어디서든 살아남을, 생존력

"성찬 씨는 대체 모르는 게 뭐예요?"

까무잡잡한 피부에 방금 하와이에서 인천공항에 입성한 듯한 이국적인 느낌을 풍기는 성찬 씨. 성찬 씨와 대화하다 보면 물음표가 가득 생긴다. 20대 중반의 앳된 남자 사람에게 왜 40~50대의 바이브가 느껴지는지. 호탕한 웃음이 매력인 성찬 씨는 입사한 첫날부터 여유가 넘쳤다. 이 회사가 첫 직장인데도 10년 이상 경력자들 사이에 있어도 이질감이 없고 회사를 서너 곳은 다녀본 것처럼 매사 태평하다. 그뿐만 아니라 무슨 일이 생겨도 놀라지 않고 항상 평정심을 유지하는 성찬 씨는 신입 사원 시절부터 그의 성을 따서 '정과장'이라고 불렸다.

본부 직원들이 모여 브랜드 키워드 관련 회의를 했었다. 우리 브랜드와 연관성 높은 키워드를 나열해놓고 관련 생각을 편하게 공유하는 자리였다. 우리 브랜드 이름을 말했을 때 고객들이 떠올리는 단어를 순위별로 나열하고 이를 어떻게 판매와 연결할 건지 이야기를 나눴다. 회의 리더가 키워드를 하나씩 제시하면서 각자 팀원들이 아이디어를 내는데 성찬 씨는 새로운 키워드가 나올 때마다 손을 번쩍 들었다.

"저 그거 해봤어요."

"저 거기 가봤어요."

"저 거기 아는 사람 있어요."

영화, 여행지, 회사, 지역 등 성찬 씨가 입을 열지 않는 키워드가 없었다. 처음에는 모든 걸 다 아는 것 같은 성찬 씨를 '사짜'라고 생각했는데 그의 이야기를 들어보면 다양한 분야에 구체적이고 생생한 경험을 갖고 있었다. 키워드를 던지면 인터넷이나 챗GPT에 검색하면서 말하는 팀원들과 달리 성찬 씨는 단순히 알고 있는 것을 넘어서서 자신과 연관되었던 경험, 느낌, 개선점에 관해 이야기했다.

활발하게 의견을 개진하는 성찬 씨의 옆모습을 보는데 이런 생각이 든다.

"이 친구, 사막에 떨궈놔도 살아남겠군."

다양한 경험에서 그의 생존력을 느꼈다. 실제로 성찬 씨는 우리 회사에서 가장 힘든 사업부에서 근무 중인데, 힘든 상황을 숨기지는 않지만 잘 적응하는 직원 중 하나다. 경험이 많고 사고가 유연하다 보니 어려운 과업이 떨어져도 어떻게든 완수를 해내는 그.

사실 면접을 보거나 업체 미팅을 하다 보면 생존력 강한 사람들은 티가 난다. 날카로운 질문을 했을 때 일반적인 사람들은 당황하지만 생존력이 강한 사람들은 찰나의 순간 머리를 굴려서 질문과 연결된 실마리를 찾아낸다. 단체 생활 경험이 많고 사람들을 좋아하다 보니 평소 대화를 많이 하고 그로 인해 다양한 정보가 머릿속에 들어 있으니 자신만의 빅데이터를 활용하는 느낌.

여전히 〈오징어 게임〉 〈데블스 플랜〉 〈소사이어티 게임〉 등 드라마와 예능을 불문하고 생존 게임이 유행이다. 개인적으로 생존 게임 방송 프로그램 중에 가장 잘 만든 프로그램은 tvN 〈더 지니어스〉인 것 같다. 단순한 게임을 갖고 과정과 결과, 집단과 개인, 감성과 이성 등 인간이라면 갈등하는 모든 상황을 관찰 리얼리티로 잘 담아냈다. 프로그램은 논리력을 평가하는 지능 게임을 표방하지만 실제로는 출연자가 가진 경험과 감각을 갖고 문제 해결 능력을 평가한다.

여러 시리즈가 있었지만 그중에서도 〈더 지니어스〉 시즌 3 블랙가넷편을 인상적으로 봤다. 출연자 중에 하버드대 출신, 카이스트 출신, 의사, 변호사, 프로게이머 등 지능이 높은 사람들이 대거 출연했는데, 결국 시즌 3에서 우승한 사람은 개그맨 장동민이었다. 다른 사람들보다 스펙이 화려하지도 않고 명문대를 나오지 않은 장동민은 심리전, 두뇌전, 암기력 모든 분야에서 다른 출연자에 뒤처지지 않는다. 우승 이후 최고 플레이어들만 섭외한 왕중왕전 격인 시즌 4에도 출연했는데 장동민이 또 많은 브레인들을 제치고 우승했다.

장동민의 우승 비결은 여러 가지가 있지만 내가 보기엔 낯선 사람과 새로운 상황에 평정심을 유지하는 마음인 것 같다. 단순하면서도 기상천외한 미션을 마주했을 땐 아무리 하버드대를 나온 사람이라도 당황할 수밖에 없다. 모두가 멘탈이 붕괴한 상태에서 이리저리 뛰어다닐 때 장동민은 전체적인 상황을 살피면서 어떻게 해야 자신에게 가장 유리한 상황을 만들지 고민한다. 때론 정면 승부로, 때론 미래 상황을 예측하거나 몇 가지 단서를 던져두고 상황을 끌어간다. 이런 태도를 유지할 수 있는 비결은 평소 그가 단체 생활을 하며 다양한 인간 군상을 경험했고, 옹달샘 친구들(유상무, 유세윤)과 20대 초반부터 산전수전, 공중전을 겪으며 변화무쌍한 상황에 무뎌졌기 때문이다. 그의 밀도 높은 '경험 자산'은 특히 시시각각 변화하는 환경에서 빛을 발하며 제아무리 대단한 지능인이라도 〈더 지니어스〉라는 툴 안에서 장동민을 이기기 어렵다.

◦◦◦

피터 드러커는 "배우는 방식에는 시각형reader과 청각형listener이 있으며, 두 가지를 동시에 가진 사람은 드물다"라고 말했다. 눈으로 봐야 익히는 사람과 귀로 들어야 이해하는 사람들이 있다. 내 경우 청각으로만 들어왔을 때 머리에 잘 들어오지 않고 눈으로 보고 만져보고 체험을 해야 익혀지는 타입이다. 그렇지 않으면 이해가 잘 되지 않고 암기도 안 된다. 배우는 데 품이 많이

◦◦◦

드는 나와 달리 성찬 씨나 개그맨 장동민은 두 가지를 동시에 가지고 있는 매우 드문 케이스다. 빨리 배우고 기억하고 몸에 새긴 후 그와 비슷한 상황이 앞에 나타났을 때 몸에 새겨진 기억을 꺼내서 잘 활용한다. 직장에서 막무가내형 상사를 만나거나 인신공격하는 꼰대를 만나더라도 웃으면서 잘 받아치는 관록은 기억과 배움에서 나온다.

물론 성찬 씨 같은 타입이 장점만 있는 건 아니다. 다양한 경험이 많다는 건 한 가지 일이나 상황이 지속되면 싫증을 느끼고 의욕을 잃어버린다. 그래서 인사 시스템이 잘 돌아가는 조직에서는 이런 성향이 있는 사람 옆에 보완되는 사람을 붙여준다. 성찬 씨가 여기저기 다니면서 영업을 다닐 때 백 오피스에서 자료를 분석하고 인사이트를 도출하는 사람으로.

만약 성찬 씨 같은 사람에게 비슷한 성향의 사람이 붙어 있으면 프로젝트가 산으로 갈 확률이 높다. 경험과 감각 기반으로 사고하기 때문에 데이터와 근거가 없어서 결국 의견이 합치되지 않는다. 리더라면 성찬 씨 옆에는 꼼꼼하고 진중한 사람을 두는 게 좋다. 그래야 양극단이 모여 시너지를 만든다.

확실한 건 하루 앞을 모르는 요즘 같은 시장 환경에서 성찬 씨 같은 기민한 사람이 꼭 필요하다. 특히 소비자의 트렌드를 읽어야 하는 마케팅 파트라면 더더욱.

회사를 '활용'하는 사람

회사원은 크게 두 가지 부류로 나눌 수 있다. 회사가 전부인 사람과 회사가 전부가 아닌 사람. 회사가 전부가 아닌 사람들 안에서도 두 가지로 나뉘는데, 대충 일하면서 저녁 있는 삶만 누리려는 사람과 사내 업무, 시스템을 최대한 이용하고 습득해서 자기 인생에 활용하려는 사람이 있다. 내 앞자리에 있는 은석 씨가 딱 후자에 해당하는 사람이다.

　　항상 업무에 찌든 직장인이지만 이상하게 은석 씨는 뭔가 다르다. 동그란 눈은 눈물이 막 터질 것처럼 초롱초롱하고, 회의하러 걸어가는 자세만 봐도 보폭이 크고 당당하다. 보통 직원들이 상사가 부르면 엉기적거리며 일어나 힘없이 노트에 받아적고 터벅터벅 자리로 돌아가는 것과 달리, 상사의 호출에 단전에서 끌어올린 큰 목소리로 답하며 상사의 직급 고하에 상관없이 의견을 개진하고 성큼성큼 자리로 돌아와 일하는 은석 씨.

업무 태도가 바르고 시종일관 밝은 모습이라 몇 번 친해지려 시도했지만 보이지 않게 선을 긋는 그를 보면서 한동안 그를 어떻게 대해야 하는지 (나 혼자) 고민했었다. 일에 관한 오너십과 책임감이 강하지만 사람들과 적당한 거리를 유지하는 그를 보면서 더욱더 친해지고 싶어졌달까. 하지만 좀처럼 기회는 오지 않았다.

그러다 우연한 기회에 은석 씨와 단둘이 포럼에 가게 되었다. 뭔가 느낌에 은석 씨가 "포럼장에서 만나요" 할 것 같았는데 먼저 같이 출발하자고 해줘서 다행이었다. 선배 입장에서는 항상 후배가 날 싫어할까 걱정인데 그 정도는 아닌 것 같아 안심되면서 포럼장까지는 30분 정도 걸릴 텐데 택시 안에서 무슨 대화를 할지 머리가 하얘졌다.

역시나 포럼장으로 가는 택시 안에서 서로 핸드폰만 보고 한마디도 하지 않았다. 알게 모르게 바쁜 은석 씨라 말을 걸기도 애매하고 나도 업무 연락이 계속

오는 터라 대화할 기회가 없었다. 이미 어색해져버린 공기에 포럼장에서도 멀리 떨어져서 앉아야 하는 건 아닌가 했는데 행사장 바깥에서 나눠주는 커피를 들고 내 옆에 앉는다. 입술을 따뜻하게 적시고 나니 나도 좀 긴장이 풀리는 것 같아 내 이야기를 먼저 꺼냈다. 이 회사에서 어디까지 가고 싶고 그 이후에는 어떤 인생을 살고 싶다는 등의 이야기. 내 이야기를 먼저 꺼낸 이유는 나도 은석 씨의 개인적인 이야기가 궁금했기 때문이다.

내 말을 가만히 듣던 은석 씨는 내 열망(?)을 느꼈는지 자신의 이야기를 들려줬다. 은석 씨 부모님께서는 유통 관련 사업을 하시는데 유통 쪽은 폐쇄적인 데다 시스템화가 잘 안 된 부분이 많다고 했다. 그런 단점을 보완하기 위해 회사의 시스템을 이해하고 업무를 마스터해서 부모님의 사업을 잘 승계받고 싶다는 그. 이후에는 회사에 매이지 않고 전 세계 여기저기 돌아다니면서 일을 하고 싶다는 전체적인 인생 로드맵도 이야기해 줬다.

대화를 마치고 나니 원래 멋지다고 생각했던 은석 씨가 더 단단해 보였다. 저런 생각을 갖고 있으니 회사에서 관계에 흔들리지 않고 업무에 집중할 수 있구

나. 회사를 종착역으로 여기는 게 아니라 인생의 과정 중의 하나로 여기기 때문에 여유로운 태도와 안정감이 나올 수 있는 것 같았다. 은석 씨와 포럼을 마치고 집에 가는 길, 은석 씨와 닮은 사람이 한 명 생각났다.

"언젠간 잘리고, 회사는 망하고, 우리는 죽는다!"

MBC에서 '직장인 브이로그' 형식으로 다양한 직장인의 군상을 보여주는 〈아무튼 출근〉이라는 프로그램이 방영된 적 있었다. 은행원, 정유회사 직원, 변호사 등 다양한 밥벌이들이 출연했지만 그중에서 가장 화제였던 사람은 단연 금융회사에 다니는 이동수 대리였다. 그는 어깨까지 오는 단발머리를 찰랑거리며 일터를 동분서주한다. 거기까지는 일반적인 직장인이지만 회의하면서 동료들에게 자신감 있게 속내를 드러낸다.

"회사보다 제 인생이 더 잘되었으면 좋겠어요."

일보다 본인 인생이 더 중요하다고 회사에서 외치는 당당함이 놀라웠다. 나도 회사에서 의견을 말하는 사람인데 저 정도로 솔직하진 못하다. 대부분의 직장인은 솔직한 감정을 감추고 회사에 충성을 다할 것처럼 가면을 쓰고 살아간다. 그래야 상사에게 환심도 사고 승진도 수월하게 할 수 있으니. 이동수 대리도 그것을 모르는 건 아니지만 그래도 회사와 사람들의 시선보다는 자신의 인생에 집중한다.

개인적으로 본부장과 사장을 대하는 그의 자유분방한(?) 태도에서 놀랐다. 아무리 그래도 본부장과 사장은 회사 임원이고 말 한마디 잘못하면 바로 징계를 받거나 이상한 부서로 발령이 날 수도 있다. 그런 압박감이 느껴지는 자리에서도 그는 일반 직원들을 대하듯 편하게 자기 생각을 말한다. 농담도 하고 과자도 꺼내먹으면서. 그런 태도는 궁극적으로 회사에서는 '일'에 관해 집중하는 사람이기에 가능하다. 자신의 업무에 관한 전문성을 갖고 성과를 낼 수 있다는 자신감이 있기 때문에 겉으로 보기에 조금 비즈니스 매너에 어긋난다고 해도 편하게 상사들을 대할 수 있는 거다. 물론 몇몇 사람들은 개방적인 이동수 대리의 외모나 태도에 관해 불만이 있을 수 있다. 이런 사람들을 어떻게 대하냐는 질문에 그는 "저를 안 좋게 보는 사람은 저도 그 사람을 안 좋게 봅니다"라고 응수하며 자신에 관해 불편한 시선을 던지는 인간들을 칼같이 정리해버린다.

사실 이동수 대리의 저 문장 때문에 많은 위로를 받았다. 나도 회사에서 관계보다는 업무 중심으로 사고

하는 편이라 종종 태도로 인한 미움을 받을 때도 있는데, 실전을 벌인 회의 직후에 개인적으로 연락해서 상대방에게 사과하곤 했다("아까 그럴 의도는 아닌데 너무 강하게 말한 것 같습니다"). 그럴 때 드는 마음은 좌절이었다. 맞는 말을 했는데, 필요한 의견을 이야기했는데 난 왜 사과했는가. 결국 나라는 사람은 일도 일이지만 관계를 포기할 수 없는 나약한 사람이기 때문이다. 은석 씨나 이동수 대리를 보면서 비록 직장 생활 선배지만 마인드에 관해 배운다. 내 일에 관해 떳떳하고 자신감이 있다면 작은 미움에 관해 연연할 필요가 없으니까.

은석 씨는 무빙워터 이동수 대리처럼 유쾌 발랄하거나 다이나믹하진 않다. 차분히 자리에 앉아 업무에 집중하고, 모르는 게 있으면 여기저기 찾아다니면서 궁금증을 해소한다. 그럼에도 자신의 인생을 소중히 여기면서 할 일을 충실히 한다는 점은 비슷하다. 은석 씨의 목표는 회사에서 배울 거 다 배우고 뽑아먹을 거 다 뽑아먹고 나가는 것이기 때문에, 그가 계속 배울 게 많은 회사를 만들어가는 게 나 같은 선배들의 숙제인 것 같다. 그래야 멋진 은석 씨를 오래 볼 수 있을 테니까. 그를 보면서 나도 자극받는다.

손웅정의 자식들

인재를 채용할 때 학벌이나 스펙이 중요하지 않다고 앞서 언급했었다. 다만 '가장' 중요하지 않은 것이지 여전히 성실함과 이해력을 평가하는 주요 지표다. 하지만 고스펙 인력 중에 '인재'로 평가받는 사람은 극히 소수다. 진정한 인재로 분류되는 사람들은 실력도 실력이지만 인간 됨됨이, 소위 인정이 좋다고 말하는 사람이다. 내 주변에 학벌 좋은 사람, 스펙 좋은 사람이 넘치지만 학벌, 스펙, 인성 모두 좋은 사람은 잘 없다.

딱 한 명 있다. 바로 찬영 씨.

서울대를 졸업하고 다수의 금융 자격증을 갖고 입사한 찬영 씨. 종종 같이 지방으로 출장을 가는데 꼭 본인이 운전대를 잡는다. 비슷한 연차의 직원들은 회사 차량에 기사님들을 대동해서 가지만 찬영 씨는 꼭 본인이 운전대를 잡는다. 그러지 말라고 여러 번 말했지만 기사님들과 가면 괜히 불편하고 회사 이야기를 편하게 할 수 없다는 이유로 본인이 운전을 한다.

운전만 할까. 같이 출장을 가는 내내 동승한 사람들이 불편한 게 없는지 묻는다. "화장실 가고 싶지 않으세요? 목마르지 않으세요?" 등등 과하다 싶을 정도로 주변을 챙긴다. 출장지에 도착해서도 업체 사장님들에게 깍듯하게 인사하며 잘 부탁드린다는 말을 아끼지 않는다. 회의를 잘 마치고 서울로 다시 올라오는 길, 노래를 흥얼거리며 운전하는 찬영 씨의 옆모습을 보니 궁금증이 생긴다.

"나도 아들 키워서 그러는데, 부모님은 널 어떻게 키우셨니? 공부도 잘하고, 인성도 좋고, 겸손하고 운전도 잘하고."

칭찬에 머쓱해진 그는 결코 그렇지 않다고 하다가 집요한 내 질문에 자신의 어릴 적을 회상해봤다. 어린 시절 딱히 부모님이 특별하게 하신 건 없다고 했다. 학원도 거의 안 다녔고 바깥에서 놀기만 했다는 그. 다만 초등학교 6학년까지 엄마가 책을 많이 읽어주셨고, 아빠랑 다큐멘터리를 1주일에 한 편씩 같이 보는 정도였다고. 그러다가 우연히 민족사관고등학교 관련 다큐멘터리를 보고 마음에 두근거림을 느껴 공부를 시작했다고 한다. 그 뒤로는 본인이 직접 학원을 찾아 등록하고 공부해서 결국 모두가 염원하는 서울대에 합격하게 되었다고 했다.

어린 나이에 스스로 동기 부여를 해서 공부한 찬영 씨도 대단하지만 항상 곁에서 그를 지지해주고 바른 사람으로 크도록 지도해준 부모님이 그의 선한 얼굴에 비친다. 자식을 올바르게 잘 키워낸 부모들이 많지만 요즘 가장 핫한 부모님은 단연코 이분이지 않을까 싶다.

얼마 전 2024 아시안컵 4강전 전날 대표팀 주장 손흥민과 이강인의 몸싸움이 보도된 적이 있다. 손뼉이 서로 마주쳐야 소리가 나듯 한 사람만의 잘못은 아닐 거다. 손흥민의 경우 요즘 MZ세대들을 아우르는 리더십이 부족했을 거고 이강인의 경우 단체 행동을 고루한 대표팀의 관습으로 여겼을 거다. 그럼에도 대체로 화살은 이강인에게 갔다. 이강인은 사과문을 올렸지만 광고판에서 얼굴이 즉시 내려가고 위약금을 물어야 하는 상황에 마주했다.

두 사람의 싸움이 알려지고 1주일 후, 손흥민의 SNS 계정에 긴 글이 하나 올라왔다. 손흥민은 본인의 인스타 계정에 "강인이가 진심으로 반성하고 저를 비롯한 대표팀 모든 선수들에게 진심 어린 사과를 했다"며 "강인이가 이런 잘못된 행동을 다시는 하지 않도록 저희 모든 선수들이 대표팀 선배로서 또 주장으로서 강인이가 더 좋은 사람, 좋은 선수로 성장할 수 있도록 옆에서 특별히 보살펴주겠다"고 했다. 당시 상황에 관해 "저도 제 행동에 관해 잘했다 생각하지 않고 충분히 질타받을 수 있는 행동이었다고 생각한다"면서도 "그러나 저는 팀을 위해서 그런 싫은 행동도 해야 하는 것이 주장의 본분 중 하나라는 입장이기 때문에 다시 한 번 똑같은 상황에 처한다고 해도 저는 팀을 위해서 행동할 것이다"라고 했다.

짤막한 인스타그램 메시지지만 그 속에서 비난을 받는 후배에 관한 포용과 대표팀에 관한 책임감, 그리고 벌어진 상황에 관해 자신에게 화살을 돌리는 겸손한 마음을 읽었다. 보통 운동선수들의 사과문이나 해명 글을 보면 변호사나 에이전트가 드라이하게 써준 걸 옮긴 느낌이 강하지만 손흥민 선수 글에서는 다른 선수들의 글에서 보이지 않는 타인에 관한 존중과 자신에 관한 겸손이 느껴졌다.

그 글을 보고 손흥민 선수의 (뒤늦게) 팬이 된 것은 물론 그를 키워낸 부모님이 궁금해졌다. 이미 '맹부'로 유명한 손흥민 아버지 손웅정 감독이지만 풍문이나 기사로만 그를 접했을 뿐 자세히 알아본 적은 없었다.

손흥민의 인스타그램 메시지가 올라온 날 밤, 자정을 넘어 새벽까지 손웅정 감독에 대한 기사나 인터뷰를 찾아봤다. 수십 개의 글을 읽고 나서 모인 결론은, 손웅정 감독이 손흥민의 축구 교육에 있어 가장 중시한 것은 성실한 태도와 겸손한 자세라는 것. 축구를 잘하기 위해서는 단순히 실력이 중요하다고 생각했었다. 굳이 겸손까지 하지 않아도 뛰어난 축구 실력을 가진 선수는 많으니까. 하지만 손 감독의 교육 철학은 개인보다는 팀에 초점이 맞춰져 있었다. 축구장은 무법천지가 아니라 규칙(법)에 지배받는다. 축구에서 결국 승리하는 사람은 개인기를 화려하게 보여주는 사람이 아니라 자신과 타인의 관계를 잘 이해하고 스스로에 대한 객관적인 평가(메타인지)를 통해 개인도 성과를 내고 결국 팀도 이기게 하는 사람이니까.

　　손흥민 선수의 타인을 배려하는 마음을 들여다보면 근본은 자신에 관한 집중력이다. 타인을 깎아내리며 자신의 존재를 드러내기보다는 하루에 조금씩이라도 성장하는 자신을 마주하며 인간성을 완성해나간다. 시선이 타인에게 맞춰진 사람은 남과 계속 자신을 비교하며 남을 깎아내리는 데 혈안이 되지만 온전히 시선이 자신에게 맞춰진 사람은 어떤 계기든 그로 인한 자신의 성장에 집중한다. 자신의 감정과 미래를 결정하는 것이 자신이기 때문에 자신 외의 것에는 자애롭다. 그래서 타인을 포용하는 태도가 나올 수 있는 것이다.

　　손흥민의 이런 태도를 보여주는 대표적인 사례를 소개해본다. 2019년 에버턴과 토트넘의 경기 중 손흥민의 백태클로 에버턴 수비수 고메스가 발목 골절상을 당했다. 고메스의 부상이 자신과 관련되었다는 걸 인지한 손흥민은 머리를 감싸고 울었고 당시 고의성으로 판명되어 심판에게 레드카드를 받아 퇴장당했다. 이후 고메스의 부상이 착지하면서 생긴 불운한 사고라는 주장이 받아들여지고 손흥민의 레드카드는 철회되어 다음 경기를 나갈 수 있게 되었다. 하지만 고메스 선수가 부상 입은 내내 손흥민 선수 가족은 그의 수술이 성공적으로 끝나길 바랐고, 이후 경기에서 골을 넣은 후에도 손흥민 선수는 카메라에 두 손을 모아 고메스에게 미안함을 표현했다.

상대편 선수인 고메스의 부상과 공백기가 자신에게 도움이 될 거라고 생각하는 선수도 있겠지만 손웅정 감독은 손흥민에게 "모든 경쟁은 자신을 넘어야 한다"고 가르친다. 나 자신을 극복하는 일은 다른 사람을 제압하는 것보다 더 값지고 모든 싸움의 중심은 타인이 아니라 나여야 한다는 것. 내 인생을 함께 걸어가는 사람들의 성장을 기원해야 스포츠든 인생이든 아름답게 꾸려갈 수 있는 걸 지속해서 가르친다. 손흥민 가족의 기도 덕분인지 고메스는 약 5개월간의 재활 기간을 잘 이겨내고 금방 필드로 복귀했다.

고스펙 시대에 학력과 자격증이 화려한 인재들을 많이 본다. 그중에 손흥민 선수처럼 인성과 실력이 모두 겸비된 사람은 모래알 속에서 진주 찾기만큼 어렵다. 인간성이 좋은 인재들은 인재로 단순히 끝나는 게 아니라 부모님의 명예까지 챙기는 보배들이다.

안타깝게도 사회생활은 정글에 가까워서 선한 마

음을 악용하는 악한 인간들을 본다. 그런 인간들과는 끝까지 싸워서 이들을 보호하는 선배가 되고 싶은 게 내 작은 소망이다. 부디 찬영 씨도 지금 같은 인성과 태도를 쭉 유지하길 바라며.

남의 말을 잘 들어 주는 굿 리스너

지금부터 몇 년 전, 회사가 흉흉했었다. 임원들이 한꺼번에 교체가 되고 장기간 진행되던 프로젝트가 엎어졌으며 버팀목이 되던 선배들이 퇴사했다. 그때 많은 사람의 마음을 붙잡아준 사람이 있었는데 바로 회사 근처에 있는 점쟁이였다. 회사의 흥망성쇠 시기와 임원 인사까지 정확히 맞췄다는 소문에 우리 층 직원들이 우르르 몰려갔다. 한 시간에 20만 원 정도 하는 거금(?)의 복비를 내고 사람들은 자신과 회사의 미래를 물었다. 날 포함한 종교가 있는 몇몇은 점쟁이를 찾아가지 않았지만, 다녀온 사람들의 이야기를 듣느라 휴게실은 퇴근 시간 후에도 인산인해였다.

시간이 더 흐르자 그 점쟁이는 우리 회사 내 인플루언서가 되었다. 영향력은 점점 더 커져서 사람들은 점쟁이의 말보다 그의 신상에 관해 궁금해하기 시작했다. 대체 그 사람은 어떻게 점쟁이가 되었을까? 어떻게 그렇게 신기가 있을까? 다들 궁금증만 갖고 있는데 옆에 가만히 앉아 있던 서윤 씨가 입을 뗀다.

"그 점쟁이는 원래 아이돌 연습생 출신으로 배우 준비를 하다가 신내림을 받고 무당이 되었다고 하더라고요. 유명 소속사 연습생을 하다가 배우로 전향하면서 연기 연습을 했는데 어느 날 갑자기 신내림을 받았대요."

사람들은 서윤 씨에게 그런 걸 어떻게 알아냈냐고 물었다. 내 예상에는 서윤 씨라면 충분히 남들이 알지 못하는 정보를 알아낼 수 있을 거라고 생각했다. 그녀는 내가 아는 사람 중에 가장 남의 말을 잘 들어주는 굿 리스너니까.

"제 질문은 거의 하지도 못했어요. 그래도 여러분들이 궁금한 거 알려드려 좋네요."

점쟁이를 찾아가서도 점쟁이 말만 듣고 온다는 서윤 씨는 프로 경청러다. 내가 아는 사람 중에 가장 타인의 말을 잘 듣는 사람. 큰 눈을 상대방의 눈에 맞추고 고개를 끄덕이며 쏟아지는 말을 들어준다. 상대방의 말이 맞든 틀리든 일단 끝까지 들어주고 최대한 이야기를 끌어낸다.

힘든 티를 별로 안 내는 나지만 나도 회사를 그만 다니고 싶을 때가 있었다. 이유 없이 존재를 부정당하고 무기력해질 때 서윤 씨를 찾아갔다. 서윤 씨가 내 상사도 아니고 인사권자도 아니지만 서윤 씨를 찾아가면 이상하게 해결책이 나왔다.

그녀는 고민을 잘 들어주지만 무조건 내 편만 들어주는 사람은 아니다. 워낙 많은 사람과 대화를 하고 정보가 많은 사람이다 보니 내 상황을 충분히 듣고 현재 주어진 환경에 견주어 내 생각이 맞는지 아닌지 판단해준다. 그녀가 "시드니, 그건 아닌 것 같아요"라고 할 때 약간 상처를 받긴 하지만 결과적으로 봤을 때 도움이 될 때가 많아 그녀의 부정적인 피드백을 감정적으로 받지 않는다. 오히려 그녀가 아니라고 할 정도라면 나도 한번 내 생각을 돌아봐야 한다는 생각이 들 정도다.

서윤 씨의 경청하는 성향은 일관적이라 그녀는 많은 사람에게 신뢰와 존경을 받는다. 특히 후배 사원들에게 리더십이 있는 선배로 평가받는다. 보통의 사람들은 직위가 올라갈수록 아랫사람들의 말을 듣지 않고 권위로 억누른다. 서윤 씨는 직원들의 이야기가 불평불만이더라도 일단 끝까지 잘 들어주고 그에 맞는 솔루션을 제공한다. 분명 그녀는 듣고만 있지만 돌아가는 상황을 보면 그녀가 계획한 대로 거의 흘러간다. 이는 상대방을 이해하고 존중하려는 그녀의 태도로 인해 상호 간의 믿음이 굳건하기 때문이다.

서윤 씨 이야기를 하다 보니 입사 이래 가장 힘들었던 시기가 생각났다. 오랫동안 공들였던 제품 출시가 엎어지고, 썩은 무 자르듯 좋아하는 사람들이 눈앞에서 사라졌다. 그들 대신에 지금까지 동료들이 쌓아온 것들을 부정하고 조롱하는 인간들이 시선에 꽂혔다. 그전까지 쌓아온 것들에 대해 "고작 이거야?" "그동안 뭘 한 거지? 설명해봐!"라고 심문하며 정작 내가 답을 하려고 하면 "가르치려고 하냐"라며 답을 할 기회는 주지 않았던 시기. 매일이 가시밭길 같던 그날을 버텨낸 건 서윤 씨 덕분이었다. 서윤 씨는 날 선 질문이 날아올 때 하나하나 다 답을 하지 말라고 했다. 어차피 답을 해봤자 상대방은 의도를 곡해할 거라고, 그러니 담담히 그들의 말을 듣고, 빨리 대화를 종료하라고 조언했다. 당시 난 업무적으로 자신감이 가장 높던 상태였고 어떤 질문이든 답을 할 수 있다고 자신만만했었다. 하지만 답을 하려고 할수록 돌아오는 건 인격 모독이었다. 인격 모독을 당한 이후에는 자괴감이 들었다. 자괴감이 심해지는 날에는 서윤 씨를 찾아갔고, 서윤 씨는 지금보다 더 말수를 줄이라고 조언해줬다. 그녀의 조언은 맞아떨어졌다. 답을 하지 않고 상대방의 말을 차분하게 듣고 받아적기만 했더니 날이 서 있던 상대방의 태도도 점점 부드럽게 변해갔다.

　말하기 급급한 세상이다. 질문에 답을 하지 않으면 무능한 것처럼 여겨지는 바람에 '아무 말 대잔치'로 흘러가는 경우도 많다. 하지만 모든 질문에 답하지 않아도 된다. 특히 의도가 뻔한 질문일수록 솔직하게 대답할 필요가 없다. 대충 둘러대고 대화를 종료시키는 게 낫다. 이미 질문자의 강한 편견이 들어간 상황에서는 답변자의 말은 변명으로만 들리니 말을 최소한으로 줄이는 게 나을 때가 많다.

　보통 대화를 할 때 스스로 '말을 잘하는 사람'으로 인식되길 바라지만 설득을 잘하는 사람들은 잘 듣는 사람들이다. 경험적으로 봤을 때 나이가 들수록 듣기를 잘 못 한다. "내가 해봐서 아는데"라는 식으로 자기 경험에 기반하여 안다고 판단하는 사람들이 월등히 많다. 내가 다 안다고 생각하는 그 위험한 순간, 본인은 전지전능하고 타인이 하는 모든 말은 시간 낭비로 느껴진다. 슬프게도, 나이가 들어도 유능함을 유지하는 사람들은 "들어보니 당신의 말도 맞군요"라고 하는 사람들이다. 후자들이 성공하는 건 물론이고 신뢰와 존경도 받는다. 전자들의 말로는 굳이 언급하지 않겠다.

면접장이든 회의장이든 상대방의 말을 끝까지 듣지 못하고 잘라내는 사람들이 있다. 그런 사람들은 회사가 아니더라도 일상생활에서 만나고 싶지 않다. 남의 말을 듣지 않은 사람은 독단적으로 보이고 조직에 융화될 사람으로 인식될 수 없다. 심각한 오답이 아니라면, 사람에겐 뭐든 배울 게 있다는 생각으로 잠시 묵묵히 타인의 이야기를 경청하는 것도 필요하다. 무엇보다 스피킹보다는 리스닝을 잘해야 남이 모르는 정보를 알 수 있고 그것이 내 힘이 된다.

시장과 고객에 관해 말하는 사람

노벨문학상 수상 작가 오르한 파묵의 소설 《새로운 인생》은 "어느 날 한 권의 책을 읽었다. 그리고 내 인생은 송두리째 바뀌었다"라는 문장으로 시작한다. 주인공 오스만은 그 책에서 알게 된 이상적인 세계를 찾아 나서고자 하는 열망에 사로잡혀 그 책이 안내하는 기나긴 버스 여행을 떠난다.

책 한 권에 매료되어 인생의 로드맵을 바꿔나가는 주인공을 보며 나도 비슷한 경험을 했던 순간이 떠오른다. 한 사람을 만나고 그 사람이 한 이야기를 되새기며 생각의 꼬리를 물다가 동이 튼 새벽을 마주하는 경험. 아득한 새벽, 두근거리는 가슴을 안고 해야 할 일을 쭉 몇 장 써내려간 적이 있다. 그때 쏟아진 영감과 자극은 평생 잊지 못할 것 같다.

이런 마법 같은 경험을 하게 해준 사람은 회사 동료 양진 님이다. 오스만에게 《새로운 인생》이라는 책이 있었다면 내겐 양진 님이 있었다.

직장 생활을 반으로 접는다면 그를 만나기 전과 후로 나눌 수 있다. 이전의 난 회사에서 주어진 일을 쳐내는 데 급급한 사람이었다. 사실 회사에서는 배분된 일만 완벽하게 해내도 인정을 받는다. 그런데 1인분을 충실히 하는데도 출처를 알 수 없는 답답함을 안고 살았다. 이렇게만 일해서 괜찮을까, 이렇게만 일하면 회사와 흥망성쇠를 같이하는 회사 의존적인 사람이 될 텐데. 만약 회사가 망하게 되면 난 어떻게 되는 거지? 바깥세상에서 난 과연 경쟁력 있는 사람일까.

자아에 관한 정의를 못 하는 중2 사춘기 소녀처럼 한참 복잡한 생각을 하던 시기에 양진 님을 만났다. 중국 법인 주재원을 오래 하다가 들어온 그는 본부를 총괄하는 기획부장이었다. 그간의 기획부장들은 다른 부서에서 올려보낸 자료를 정리해서 상부에 보고하는 역할 정도를 했다. 하지만 치열한 중국 시장에서 마케팅과 영업을 하다 온 양진 님은 그것만을 일로 생각하지 않았다.

사람들이 모이는 곳에 가면 양진 님은 항상 소비자와 시장에 관한 이야기를 했다.

우리가 지금 하고 있는 일은 회사를 위한 것도, 상사를 위한 것도 아니라 소비자에게 이익을 주려고 하는 일이다. 소비자가 알기도 또한 모르기도 한 그 필요를 발굴하기 위해서는 우리의 시선은 항상 시장에 있어야 한다.

어떻게 보면 뻔한 이야기지만 직장 생활에 매몰되다 보면 소비자의 이익보다는 내 이익을 보며 움직일 때가 많다. 어떤 일을 해야 승진이 유리할까, 누구한테 얹혀가야 덜 일하고 티는 날까, 어떤 상사에게 잘 보여야 좋은 고과를 받을까 등. 소비재를 다루는 회사에서 가장 중요한 건 소비자일 거 같지만 생각보다는 정해진 프로세스에 맞추는 경우가 많다. 최악의 경우에는 소비자를 전혀 고려하지 않고 사내 정치적인 이슈로 제품들이 만들어진다. 소비자라는 존재는 대한민국 대통령처럼 가까운 거 같지만 내 인생에 직접적인 영향을 주는 사람들이 아니까. 일은 적당히 하는 척만 하면 되는 게 아닌가 하고 생각하는 사람들이 생각보다 많다.

양진 님은 그런 태도는 결국 내 이익에 반하는 행위라고 했다. 회사가 천년만년 지속될 것도 아니고 결국 시장의 변화와 소비자에 관한 생각을 고도화하면서 살지 않으면 내 인생에도 큰 베네핏은 생기지 않을 거라고 했다. 실제 양진 님의 말을 듣다 보니 성과를 내는 사람들은 소비자를 보는 사람들이었다. 그를 스승 삼아 일을 한 후 내 성과는 드라마틱하게 올라갔고 다소 공격적이던 태도도 진정되었다. 업무를 할 때 내 경험과 생각을 기반으로 주장을 할 때가 많은데 "소비자의 생각"을 가져오면 불필요한 논쟁이 줄어든다. 결국 우리가 하고자 하는 일은 소비자에게 가치 있는 서비스와 브랜드를 제공하는 일인데 그 목표를 상기시키면서 일을 하면 각자의 주장 중에 중요한 것만 남고 필요 없는 것들은 소거된다.

신수정 KT 부사장의 저서 《일의 격》에 이런 문장이 나온다.

리더가 되기 전까지는 자신을 성장시키지만 리더가 된 후에는 타인을 성장시킨다.

이를 정확히 실천한 사람이 양진 님이다. 양진 님의 특별한 점은 그가 하는 말이 모든 부분에 적용이 된다는 점이다. 그가 실제 직장 생활하며 경험한 부문은 제품 개발, 중국 사업, 경영 관리 정도인데 그가 하는 언어는 어떤 부문에 적용해도 일리가 있었다. 내가 담당하는 일본 시장도 고객 특성은 다르지만 양진 님의 고객 해석 방식을 적용해서 실마리를 찾아낸 적이 꽤 있다.

또한 그는 타인의 생각을 끌어내는 걸 잘한다. 자신의 이야기를 하고, 타인이 그 말을 소화해서 이야기할 시간을 충분히 준다. 자기 말만 하고 듣지 않는 상사들만 많은데 다른 사람들이 말을 잘 듣는 그가 신기해서 이렇게 물어본 적이 있다.

"부장님은 항상 잘 들어주세요. 보통 그 정도 연차 되면 안 듣잖아요."

"성과를 내려면 직원들이 자꾸 말을 하게 해야 해요. 말은 주문magic words과 같아서 스스로 고민하고 말을 하면 그게 이뤄지거든요. 대화를 하고 생각을 공유

해야 실행력이 올라가요."

　　단순히 배려를 하는 차원이 아니라, 실행력을 올리기 위해 그가 택한 방식은 자신은 방향성을 제시하고 직원들에겐 구체적인 생각과 로드맵을 그리게 하는 거였다. 몇 수를 앞서 보는 그의 인사이트에 탄복하면서도 이런 사람을 인생의 선배로 만날 수 있음에 감사하기도 했다. 회사에 와서 불평할 때도 많지만 이 회사에 들어오지 않았다면 만날 수 없을 사람이니 회사에 감사한(?) 마음이 들기도 한다.

　　양진 님과 일을 하면서 입사 후 처음으로 자기 효능감을 느꼈다. 기계 속으로 빨려 들어가는 〈모던타임즈〉의 찰리 채플린처럼 의미 없는 직장 생활이 한순간에 내 역량을 무한대로 펼칠 수 있는 무대로 보였다. 자신감은 물론이고 실제 업무성과도 따라왔다. 그를 만나지 못했다면 평생 주어진 일만 딱 하고 말아버리는 사람이었을 텐데 "새로운 인생"을 선사해준 그에게 항상 감사한 마음이다.

　　모두가 양진 님 같은 사람을 만날 수 없을 거라는 걸 안다. 나도 직장 생활을 10년 넘게 하면서 이런 사람은 딱 한 명 만났다.

그의 핵심 철학을 공유하자면, 일을 할 때는 꼭 시장과 소비자를 먼저 둘 것. 다소 뻔하지만 실제 일하면서 저 생각을 갖고 하긴 굉장히 어렵다. 심지어 고객 정보를 갖고 일하는 마케팅 직군들도 소비자 마인드보다는 프로세스를 중점적으로 일한다. 게다가 마케팅 직군이 아닌 인사·전략·제조·품질·연구 등 지원 분야에 속한 사람들이 가장 간과하기 쉬운 요소다. 많은 인적 자원이 쏟아지는 가운데 다른 이들보다 시선이 가고 개인과 회사를 성장시킬 수 있는 사람은 결국 소비자를 생각하는 사람이다.

김훈처럼, 파고드는 사람들

연두 씨와 회의할 때마다 놀라는 게 있다. 자세가 구부
정한 보통의 회사원과 달리 활자루처럼 허리에 C자를
그리며 앉아 있는 자세도 신기하지만, 그것보다 놀라운
건 그녀의 디테일이다. 연두 씨의 전문 분야인 제품 개
발 관련해서 대화를 나누면 그녀의 입에서 나오는 구체
적인 이야기들에 정신이 팔린다. 주니어는 탈출한 중견
사원이지만 경험이 모래알처럼 많지 않은 젊은 직원인
연두 씨의 업무에 관한 깊이와 디테일은 차원이 다
르다.

그런 그녀가 궁금해서 책을 많이 읽냐고 물었다.
연두 씨는 본인이 공대생이라 책과는 거리가 멀다고 했

다. 그러면 사람을 많이 만나냐고 물었다. 이런저런 분야의 사람들을 많이 만나다 보면 정보가 쌓이고 거기에 따른 통찰력도 생기기 마련이니까. 연두 씨는 머리를 긁적이며 자신은 파워 I 내향형이라 사람을 만나면 기가 빨린다고 했다. 그러면 호기심이 강하냐 물으니 호기심은 별로 없는데 일단 한번 궁금하면 파고드는 편이라고 했다.

연두 씨 주 업무는 소비자도 모르는 필요unmet needs(언맷 니즈)를 파악해서 신제품 콘셉트를 잡는 일이었다. 보통 기업에서는 소비자의 입장이 되어서 잠재적으로 성장 가능성이 있는 시장을 발굴하고 그에 맞는 제품을 개발하여 출시한다. 이미 인기가 많고 호응도가 높은 것들을 들여오는 데는 내부 설득 과정이 험난하진 않다. 하지만 아직 시작이 될 듯 말 듯하면서도 투자를 했을 때 회수 가능성을 점치기 어려운 언맷 니즈를 발굴하는 것은 그 자체 난도도 높지만 내부인들을 설득하는 과정이 지난하다. 담당자가 발의하여 서너 개의 결재 라인을 타기 위해서는 구체적이고 설득력 있는 데이터가 없으면 안 된다.

예를 들어, 최근 인기였던 '아사히 생맥주 캔'은

캔 뚜껑을 통째로 벗기면 생맥주처럼 거품이 확 올라온다. 그간 캔맥주에서 느낄 수 없는 신선함을 느끼게 해주는 제품이라 2021년 4월 출시 이후 일본 현지뿐만 아니라 한국에서도 큰 인기를 끌며 품귀 현상을 낳았다. 결과적으로 잘된 제품이지만 저 제품을 개발하기 위해 담당 개발자가 얼마나 촘촘하게 기획했을지 상상이 된다.

먼저 시장, 회사, 경쟁사 조사를 했을 거다. 아사히맥주는 1980년대 후반 슈퍼드라이 출시 이후 고속 성장선을 그리다 정체기를 맞았고, 기린 이치방 시보리나 산토리 프리미엄 몰츠 같은 경쟁사의 신제품 성공으로 입지가 점점 좁아지고 있었다. 그때 연두 씨 같은 담당자가 시장 조사를 다니며 아사히의 아쉬운 점, 캔맥주의 부족한 점을 조사하며 '생맥주 같은 캔맥주를 만들어야 하는 이유'에 관해 내부 설득을 진행했을 거다. 한번 콘셉트와 개발 방향이 잡히면 연구소, 제조, 원료까지 몇백 명부터 몇천 명의 사람이 움직이기 때문에 탄탄한 근거가 없으면 개발이 착수되지 않는다. 1인 기업이라면 '왜인지 잘될 것 같은' 촉이나 감으로 일이 진행되기도 하지만 아사히 정도 되는 큰 기업에서는 최소

100장 이상의 개발계획서가 나왔을 거다.

약 4년이라는 오랜 기간의 연구 개발을 통해 아사히맥주는 생맥주 느낌이 나는 캔맥주를 만들었다. 맥주 캔 안쪽에 특수 도료를 칠한 요철과 뚜껑을 열었을 때 캔 안의 압력에 의해 요철 부분에서 거품이 나는 방식이라고 한다. 연구소 역할도 컸지만 마케팅 파트에서 소비자의 원하는 니즈를 발견해서 디테일한 개발 착수 계획서를 쓰지 않았다면 성공적인 신제품을 만들 수 없었을 거다.

연두 씨도 우리 회사에서 비슷한 공을 세운 적이 있다. 회사를 대표하는 브랜드 제품이 있었는데 확장성이 약한 상태였다. 그때 연두 씨 눈에 들어온 게 해외에서 붐이 일기 시작하는 제품이었다. 해당 제품을 들여오는 것에 내부 반대가 심했고 실제 실현 가능성도 높지 않았지만 구체적으로 실현 가능성을 제시한 덕분에 신제품 개발이 착수되었고, 대단한 성과는 아니더라도 의미 있는 성과를 만들어냈다.

한 자리에 진득하니 앉아 모니터를 뚫어져라 쳐다보고 있는 연두 씨를 보면 소설가 김훈이 쓴 《자전거 여행》이 생각난다.

'숲'이라고 모국어로 발음하면 입안에서 맑고 서늘한 바람이 인다. 자음 'ㅅ'의 날카로움과 'ㅍ'의 서늘함이 목젖의 안쪽을 통과해나오는 'ㅜ'모음의 깊이와 부딪쳐서 일어나는 마음의 바람이다. 'ㅅ'과 'ㅍ'은 바람의 잠재태이다. 이것이 모음에 실리면 숲속에서는 바람이 일어나는데, 이때 'ㅅ'의 날카로움은 부드러워지고 'ㅍ'의 서늘함은 'ㅜ' 모음쪽으로 끌리면서 깊은 울림을 울린다. 그래서 '숲'은 늘 맑고 깊다.

음절 하나를 자음과 모음으로 분해해서 의미를 찾아내는 소설가 김훈처럼, 연두 씨도 의미 있는 성과를 만들기 위해 하루 종일 파고들고 있다. 속도가 빠르진 않지만 뭐든 진득히 해낸다는 이미지 때문일까. 그녀의 느림에는 다들 이유가 있다고 생각한다. 한 가지만 몰입한 사람은 외골수일 것 같지만 길을 만들어본 사람은 다른 길도 만드는 방법을 알고 있다.

차분하고 조용한 그녀지만 가끔 그녀의 눈빛에서 불꽃을 본다. 뭔가 하나를 잡으면 끝까지 파고드는 사람. 조직에서, 특히 모든 일을 다 직접 할 수 없는 리더 자리에 있는 사람일수록 연두 씨 같은 사람을 선호한다.

　뭔가에 깊게 빠져보길, 그리고 외연을 확장해나 갈 수 있다는 믿음도 줘보길.

타인의 생각을 수용하는 사람

"쟤는 할 말 하는 애야."

같이 프로젝트를 하게 된 후배 W에 관한 평판을 묻는 내 질문에 W와 같은 부서인 동기가 이렇게 말한다.

"할 말 하는 애라…. 좋은 뜻이야?"라고 다시 물으니 동료는 고개를 갸웃하며 "음, 좋을 때도 있는데 좀 과하다 싶을 때도 있지"라고 한다. 자리에 돌아와 생각해보니 연차가 낮은 사원이 '할 말을 한다'는 건 긍정보다는 부정 의미가 강할 것 같았다. 남의 평판보다는 내가 겪은 걸 더 신뢰하는 편이라 직접 일을 하며 그를 겪어보기로 했다.

1주일 정도 같이 일해본 결과 W는 이해도가 높고 상당히 손이 빨랐다. 방향에 관해 이야기하면 바로 이해하고 뚝딱뚝딱 보고서를 작성했다. 뭐지? 일을 너무 잘하는데? 과하기는커녕 팀원들과 자유롭게 토론하면서 필요한 순간에는 자기의 의견을 정확하게 개진했다. 중간중간 논리가 비는 부분이 있으면 "근데 ○○○은 너무 건너뛴 게 아닐까요?" 하며 부족한 부분을 짚어주기도 했다. 활발하게 프로젝트를 이어가던 와중 동기에게 연락이 왔다.

"W 어때? 좀 싸가지 없지 않아?"

"싸가지? 전혀. 당당한 것 같은데."

"당당하다고?"

"응."

내가 내린 결론은 W는 당당한 사람이었다. 같은 사람을 대하는데, 왜 누구는 W를 싸가지 없다고 하고 누구는 당당하다고 하는 걸까. 내가 그녀를 좋게 평가하는 이유는 몇 가지 포인트가 있다.

첫 번째, 태도: 타인의 생각을 수용할 수 있는지. 당당한 사람이든 싸가지 없는 사람이든 자신의 의견을 말하는 데 주저함이 없다. W도 그랬다. 프로젝트 하면서 생각을 물어보면 거침없이 이야기했다. 의견을 말하는 태도에서 "아, 저런 점이 좀 싸가지 없다고 하는 거군"이라는 생각도 솔직히 들었다. 그런데 W는 자기 생각을 강요하는 게 아니라 타인의 생각을 항상 수용했다. "○○ 님께서는 이렇게 생각하시는군요. 저도 동의합니다. 그러면 이건 어떨까요?" 이런 식. 타인의 생각을 자신의 생각주머니에 넣어서 발전시켜나가고 있었다.

두 번째, 인성: 지속적으로 안정적인 관계를 추구하고자 함. 종종 회사에서 다신 안 볼 사람처럼 행동하는 사람들이 있다. 이런 사람들은 반말, 막살, 상스러운 언행이 일상이다. 이런 사람들의 특징은 지속적인 관계를 구축하는 데에는 관심이 없다. 일단 자신의 기분을 전방위적으로 표출하는 게 더 중요한, 미성숙한 사람들이다. 타인의 생각을 수용할 생각도 없고 막말을 일삼는다면 아무리 일을 잘해도 싸가지 없는 사람 그 이상 이하도 아니다.

물론 W가 이 부분에서 조금 말이 나오는 건 맞았다. 그런데 내가 보기엔 생각을 표현하는 방식의 차이 정도로 느껴졌다. 아마 후배가 무조건 선배 말을 듣기 원하는 사람이라면(동기 미안) W의 태도에서 문제를 느겼을 수 있고, 나처럼 피드백을 좋아하는 스타일이면 (항상 남의 생각이 궁금한) W 같은 사람에게 전혀 문제를 못 느낀다.

세 번째, 능력: 앞서 말한 태도와 인성에서 능력이 나온다. 직장 생활 10여 년 가운데 태도와 인성이 갖춰진 사람 중 무능한 사람을 보지 못했다. 회사뿐 아니라 어떤 영역에서도 태도와 인성은 통한다. 연예계, 스포츠, 창업, 예술, 기술 등등. 내가 본 후배 W는 태도와 인성에서 능력이 완성되어가는 능력 있는 사람이었다.

물론 태도와 인성이 없는데도 잘나는 사람들이 있을 거다. 그런 사람들은 대체로 정치적인 사람들일 확률이 높다. 누군가의 신임을 얻으면 잘 나갈 수 있지만 윗사람이 바뀌고 객관적으로 서로를 평가하게 되는 분위기에서는 살아남지 못할 확률이 높다. 사실 이번에 조직 개편을 하면서 저런 사람들이 통째로 날아가는 걸 봤다. 영원히 군림할 것 같은 사람들이었는데 눈 깜짝할 사이에 숙청당했다.

그걸 보면서, 남에게 잔소리하는 게 꼰대가 아니라 남의 말을 듣지 않는 것이 꼰대라는 걸, 그리고 그 꼰대는 윗사람들도 싫어한다는 걸 깨달았다.

신입 사원 채용은 계속됩니다

2024년 1월 기준, HR 테크기업 인크루트에 따르면 기업 규모별로 대기업은 '경력직 수시 채용'(37.3퍼센트), '대졸 정기 공채 상반기'(35.6퍼센트), '대졸 정기 공채 하반기'(30.5퍼센트), '대졸 수시 채용 상반기'(28.8퍼센트), '대졸 수시 채용 하반기'(27.1퍼센트) 순이다. 특히 상반기 대졸 수시 채용은 51.9퍼센트에서 28.8퍼센트로 크게 감소하여 신입 구직자들이 채용에 도전할 기회는 더 줄어들고 있다.

대졸 신입 채용이 줄어들고 있는 것은 공채 제도의 폐해 때문이다. 대규모로 신입 사원을 뽑아놨더니 몇 달 다니지 않고 퇴사해버리는 사람들 비중이 높아진 데다 현업에서는 퇴사자 발생 시 대응이 어려워 수시 채용을 선호하게 된 것도 있다. 공개 채용은 대기업들의 오랜 관행이었지만 2019년 현대차그룹이 대졸 공채를 폐지하면서 LG, SK 등 다른 대기업들도 100퍼센트 수시 채용을 진행하고 있다.

게다가 코로나19 시국을 거치면서 긱 워커Gig Worker를 기반으로 한 재택 근무, 서비스 산업이 많아지면서 대규모 공채로 인력을 채울 필요가 없어졌다. 기업이 원하는 시점에 원하는 인력을 원하는 시간에만 충원이 가능한데 굳이 큰 비용을 들여 공채를 할 이유가 없어지고 있는 거다. 내가 대학에 다니던 2000년대 중후반만 해도 우리나라에서는 '계약직' 이슈가 신문 한 면을 도배하곤 했지만 지금은 계약직이 누군가를 비하하거나 문제가 되는 인식은 거의 사라졌다. 원하는 기한에 기업이 원하는 형태로 인력을 운영하며 노동 시장의 유연성을 강화하는 것에 관해 부정적인 여론은 상당히 줄어들었다.

이러다 보면 미국처럼 신입 사원 공개 채용은 없어지고 대한민국도 수시 채용만 남을 것 같지만 내 생각은 좀 다르다. 공개 채용은 전체적으로 비중은 줄어들 수 있지만 계속될 수밖에 없다. 바로 수시 채용이나 경력직 채용에서 채워질 수 없는 공개 채용만의 세 가지 장점이 있기 때문이다.

회사에 톱니바퀴처럼 들어맞는 인재를 키우기 위해서는 신입 공채가 꼭 필요하다. 우리 회사의 경우 ERP 시스템을 사용하는데 경력직 사원들이 입사해서 가장 애를 먹는다. 신입 사원들은 입사하자마자 산업의 특성, 사내 시스템을 통해 SAP에 통달하는 데다 산업군의 밸류 체인에 맞게 최적화되어 희소성이 강화된다. 어떤 부문에 투입되어도 무방한 '올라운더'는 경력보다는 5년 차 이상 신입 공채 출신 비중이 높다. 회사마다 부서마다 다를 수는 있지만 회사의 오랜 역사와 특성을 알아야 하는 업무의 경우 신입 공채들 비중이 상당히 높다. 저런 업무는 보통 '기획'이라는 이름으로 진행되는 경우가 많은데 전략 기획이나 마케팅 기획 등 핵심 부서의 핵심 인력으로 배치될 확률이 높다.

리더십만 있으면 회사가 돌아가지 않는다. 경영진의 방향성과 리더십만큼 중요한 것은 그 결정을 수행해줄 팔로워십이다. 중간 관리자만 되어도 일에 잔뼈가 굵어지다 보니 자기 생각이 강해진다. 대졸 공채 입사 3년 차 이내의 직원들은 아직 일을 배우는 과정에 있기 때문에 자기 생각을 주장하기보다는 팔로워십을 발휘하며 일이 안정적으로 수행되는 것을 돕는다. 나도 동일한 일을 신입 사원과 경력 사원을 데리고 해본 적이 있다. 양쪽 다 장단점이 있지만 신입 사원과 일하는 쪽이 초기 품이 들긴 하지만 시간 내에 일을 완수하는 데는 더 수월했다. 경력직 사원의 경우 실력이 더 낫긴 하지만 회사 내부 상황을 이해하려는 태도는 더 부족하다. 결국 여러 사람이 모여 일을 하는 상황에는 실력도 중요하지만 태도도 중요한 요소 중 하나라 많은 기업들이 신입 공채를 유지할 것으로 사료된다.

'첫 정'이라는 말처럼 많은 사람은 처음 적을 둔 곳에 관한 향수가 있다. 그곳이 좋았든 좋지 않았든 처음 입학

했던 학교, 처음 사귄 이성, 처음 갔던 여행 장소 등. 시
간이 쌓여 경험이 많아져도 처음 마주했던 순간에 대해
서는 평생 기억을 안고 산다. 첫 회사도 마찬가지. 신입
사원들이 처음 입사한 회사는 평생 기억에 새겨진다.

처음 회사가 인생의 방향과 개인적 성향과 잘 맞
는다면 회사에 관한 충성도는 높아진다. 여기서 말하는
충성도는 나라를 위해 목숨을 바치겠다는 그런 장엄한
충성도라기보다는 매일 회사에 가고 싶은 정도의 충성
도를 말한다. 반복적으로 그 장소에 가서 앉아 있을 수
있는 마음, 그게 회사에 관한 충성도다. 좋아하는 카페
를 단골로 가는 곳이 있다면 카페에 관한 충성도가 있
는 거다. 그 마음을 쭉 가져가는 것은 경력 사원보다 신
입 사원들이 더 강하다. 이 회사는 '내 회사'니까. 내가
좀 더 이 상황을 이겨내보자는 마음을 가진다.

(물론 경력 사원 중에 여러 단계를 거쳐서 우리 회사에
들어온 사람들의 충성도 상당하다. 전체적으로 비중을 말하
는 것이니 오해 없길.)

내 경우 세 곳의 회사를 인턴, 수습, 정규직 형태
로 다녔고 세 번째 회사를 신입 공채로 들어와 10년 이
상 다니고 있다. 지금 회사에 관한 애정은 상당하다. 이

회사를 덜어내고 내 인생을 설명하는 게 불가능할 정도다. 그만큼 애사심과 충성심은 신입 공채들의 특권인 것 같다. 종종 입사 동기들과 모여 저녁을 먹으면서 나누는 대화는 다 회사 걱정이다. 회사 걱정 아니면 사내 정치 이야기. 정치가 쓸데없다곤 하지만 직장 생활과 직결된 이슈라 정무 감각을 발휘하며 살 필요도 있다. 회사는 실력 100퍼센트로 돌아가지 않기 때문에.

내 경우에도 회사가 어려워졌을 때 바로 구직 사이트에 이력서를 올리기보다는 어떻게 하면 내 목숨 같은 회사의 목숨을 살릴 것인지 그런 고민을 더 하게 된다. 물론 내 동기 중에서도 어떻게 하면 뽑아먹고 튈지 고민하는 사람들이 있다. 사람마다 다르겠지만 공채로 한 회사를 장기간 다니는 사람들이 회사를 인생의 동반자로 여기는 비중이 높지 않을지 조심스레 추측해본다.

경력 사원 채용도 계속됩니다

100퍼센트 수시 채용으로 전환하는 기업들이 늘어간다. 공채 문화가 강한 우리 회사도 최근 경력직 채용 비중이 확실히 늘었다. 어떤 해는 신입 채용을 진행하지 않고 경력만 뽑는 해도 더러 있다.

경력직을 뽑을 수 없는 이유는 신입 사원을 1인분하게 만드는 데 교육비가 많이 들고 요즘 구직 환경이 다변화되면서 신입 사원 퇴사가 잦기 때문이다. 바로 앞 기수에서도 뽑아놨더니 1년 안에 20퍼센트 이상이 퇴사했다. 이전 세대들은 회사와 본인이 맞지 않아도 참고 다녔지만 요즘 세대들은 회사에서 자신의 기준이 맞지 않으면 이직하거나 로스쿨(대학원)에 간다. 아니면

창업하거나 인플루언서를 하는 방식으로 회사 아닌 곳에서 자신의 인생을 개척해나가기도 한다.

다변화하는 신입 사원들을 보며 회사는 안정적인 인재 확보를 위해 수시 채용을 동시에 진행할 수밖에 없다. 수시 채용으로 입사하는 경력 사원들의 장점은 크게 세 가지다.

∞ 간소화 프로세스

작년에 신입 사원 채용을 한 번 진행하고 경력 사원 채용을 올해 여러 번 진행해본 결과 명확한 차이점을 발견했다. 신입 사원 채용에 참여하고는 3일 정도 앓아누웠고 경력 사원 채용은 평소와 다름없는 컨디션을 유지했다. 신입 사원 채용은 복잡다단하고 짧은 시간에 강한 체력 소모를 요구하지만 경력 사원 채용은 간소화된 프로세스로 채용이 진행되기 때문에 회사가 소진하는 에너지 총량이 다르다. 신입 사원 채용은 때에 따라 외주업체를 사용하기 때문에 비용도 상당하다.

∞ 새로운 기능과 리더십

보통 경력 사원은 회사가 갖고 있지 않은 역량을 채우

는 경우가 많다. 해당 분야의 전문가를 채용하는 경우가 많은데 기능이 없는 조직 내에서 기능을 만들어 많은 사람을 교육하고 끌고 가준다. 조직은 일정 기간 고이면 썩는 특성을 갖고 있는데 한 명의 전문가가 들어옴으로 분위기가 환기되어 직원들이 자극받는 긍정적인 영향도 있다.

○○○   일 중심 사고

경력 사원들이 주로 자리 잡은 회사와 공채 중심 회사의 차이는 하나로 말할 수 있다. 바로 소위 말하는 '형-동생' 문화의 차이. 공채들이 많은 회사는 업무보다는 관계 위주이기 때문에 일을 할 때 인정이 많이 발휘된다. 조금 모자란 동생이란 건 알고 있지만 앞으로의 관계를 위해 일잘러보다는 친한 동생을 승진시키고 술자리에 잘 따라다닌 사람을 고평가한다. 이는 궁극적으로 조직 문화를 저해하는 요소가 되어 퍼포먼스를 떨어트린다.

　반대로 경력직이 많거나 고용 유연성이 강한 기업의 경우 업무 중심으로 회사가 돌아간다. 관계보다는 일에 관한 성과를 내기 위해 회사에 모여 있고, 자신의 포트폴리오와 경험치를 쌓는 데 모두 몰두하므로 업무 중심의 사고를 하게 된다. 결국 회사는 일을 하기 위해 모인 곳이기 때문에 업무가 중심이 되지 않으면 근간이 흔들린다. 그런 면에서 정기적인 경력 사원 채용을 통해 주객이 전도되지 않는 조직을 운영하는 것이 필요하다.

안타깝게도 공채 문화가 강한 우리 회사에서 경력 사원들은 적응을 어려워한다. 경력 사원 나름의 관성과 소신이 있기에 공채 문화가 강한 회사에서 자리 잡는 것은 많은 노력을 요한다. 그럼에도 뿌리처럼 단단하게 자리 잡은 경력 사원들을 보면 뿌듯하다. 신입 사원이 성장하는 모습을 보면 신생아를 키운 부모 느낌이 들지만 경력 사원이 잘 안착한 모습을 보면 대학 잘 보낸 담임 선생님이 된 기분이다. 각자의 역할은 다르지만 회사는 두 가지 채용 방식이 적정 수준에서 유지되는 게 중요하다. 신입 사원 채용이든 경력 사원 채용이든 각각 갖고 있는 장점이 확실하기 때문이다.

조만간 또 경력 사원 채용 공고를 낼 예정이다. 내가 담당하는 사업 부문이 온라인 사업을 키우면서 인사이동이 있었고 빈자리를 채워줄 경력 사원이 필요하다. 다시 이력서를 읽을 생각에 좀 피곤하긴 하지만 잘 세공된 보석을 찾는 기분으로 진지하게 임할 생각이다.

사람들은 결국 무지개에 환호한다

최근 몇 년간 퍼스널 브랜딩이 화두가 되면서 타인과 차별화되는 자신만의 독특한 이미지와 키워드에 관심도가 높아졌다. 타인과 차별화되는 이미지와 키워드를 찾아가는 건 공감하지만 퍼스널 브랜딩에서 '퍼스널'이 유독 강조되면서 자신의 색깔이 뚜렷해져야 한다는 메시지는 개인적으론 조금 위험하게 느껴졌다. 남의 시선이나 의견은 신경 쓰지 말고 온전히 자신이 원하는 방향으로 밀고 나가라는 말들. 그러면 자신의 색은 점점 더 선명해질 것이고 나만의 고유함으로 혼란한 세상 속에서 나를 지켜낼 수 있을 거라는 '가설'들이 떠돌았다.

　　여러 상황에 파도처럼 휩쓸리는 이들에게 저런

말들은 잠깐 위로를 줄 수도 있다. 하지만 색깔에서 파생된 이 철학적이고 형이상학적인 말들이 내겐 다소 무책임하게 들렸다. 나를 올바른 길로 인도하는 건 결국 나 스스로라는 건 공감하지만 내 특징과 개성이 강해질수록 복잡다단한 세상과 조화롭게 살아가기는 더 어려워진다. 특히 프리랜서가 아닌 조직인이라면 자신만의 색깔만 고수하는 것이 때론 독이 되기도 한다.

현대 우화의 거장인 레오 리오니의 동화 《자기만의 색》에는 자기 색깔이 없어서 고민하는 카멜레온 이야기가 나온다. 앵무새는 초록색, 금붕어는 빨간색, 코끼리는 회색이고 돼지는 분홍색인데 카멜레온은 장소에 따라 색이 달라져서 고민이다. 자기만의 색을 찾고 싶었던 카멜레온은 잎사귀에 살면서 쭉 초록색이길 기대하지만 계절이 바뀌자 바로 색이 갈색으로 변해 또 좌절한다.

자신의 색깔을 모르겠어서 방황하는 이들이 많다. 종종 나보다 어린 동료들이 '자신의 무기'와 '자신의 포지션'이 뭔지 모르겠다고 상담을 요청하는 경우가 있다. 그럴 때 내가 주는 조언은 나다움은 잃지 말되 사람들과 꾸준히 소통하고 융화되는 연습을 하라는 것이다.

그러다 보면 내가 원하는 것과 사회 또는 조직이 원하는 것이 합치되는 순간이 온다. 그러면 기회가 더 많이 주어지고 성장의 기회도 열린다. 사람들과 스킨십이 적은 프리랜서라고 하더라도 자신의 포트폴리오를 타인에게 보여주고 원하는 결과로 유도하기 위한 커뮤니케이션 능력이 필요하다. 자신에 관한 적절한 정보 제공과 그에 관한 타인의 반응을 주시하고 원하는 방향으로 결과를 도출할 수 있는 능력. 그런 능력은 자신만의 색깔을 고수하는 형태의 삶에서는 잘 만들어지지 않는다.

신입 사원이든 경력 사원이든 회사원으로 잘 살아내고 싶은 사람에게 조언해주고 싶은 건 하나다. 자신만의 공간과 자신이 만든 감옥에 갇혀 있지 말라는 것. 세상은 내가 상상하는 것 이상으로 넓다. 망망대해에 서 있는 막연한 두려움도 있겠지만 나와 조금이라도 연관성이 있는 곳에 다가가고 내 세상을 확장해나가길 바란다. 지금 다니는 회사가 지겹고 괴롭다면 채용 공고 사이트를 뒤적이며 변화를 찾고, 한 회사 안에서도 다양한 상황과 여러 사람을 만나면서 내게 여러 가지 색을 입혀나가는 것이 결국 예측 불가한 미래에서 나를 지킬 수 있는 유연한 대처다.

《자기만의 색》이야기를 마저 하자면, 카멜레온은 겨울이 지나고 새봄이 왔을 때 지혜로운 카멜레온을 만난다. 지혜로운 카멜레온은 영원히 자기만의 색을 찾지 못하더라도 둘이 함께라면 언제나 같은 색일 거라고 말한다. 두 카멜레온은 함께 초록색이 되고, 보라색이 되고, 노란색이 되며 오래오래 행복하게 산다.

여기서는 노란색, 저기서는 파란색이 되는 줏대 없는 사람이 되라는 건 아니다. 자신에 관한 정의(카멜레온)는 명확하게 내리되, 변하는 환경과 입혀지는 색깔에 관해 최대한 장벽을 낮추는 사람이 되어보라는 거다. 그래야 오랜 기간 안정적으로 조직 생활을 영위할 수 있는 사람이 된다. 잠시 스트레스를 받더라도 다른 색이 내 몸 안에 들어오는 경험을 해보길. 그러면서 나는 또 성장하게 된다.

면접관을 하면서 여러 지원자를 보니 한쪽에 너무 특화된 사람보다는 전문성을 갖되 다른 장점을 두루 가진 사람들이 눈에 들어온다. 워낙 스펙 인플레이션이 심하고 자기 PR을 스마트하게 해내는 사람들이 많지만 '다채롭다'라는 느낌을 주는 사람은 많지 않았다. 지금 가진 장점을 강화하되 전혀 다른 분야들도 접해보면서 자신의 영역을 확장해보길 추천한다. 이왕 세상 바깥에 나오는 것을 선택했다면 무지갯빛처럼 다양한 색을 가진 사람이 되길. 그리고 누군가에게 '무지개 같은 순간'을 선물하길. 결국 사람들이 환호하는 건 무지개니까.

에필로그
나는 시간이 쌓아 올린 결과물이다

이 글은 반짝이는 피부와 오밀조밀한 이목구비를 가진 한 사람으로 인해 시작되었다. 청아한 외모와 단정한 분위기에 잠시 경탄했지만 대화가 시작되자마자 고개를 바닥으로 떨굴 수밖에 없었다. 본 질문 전 긴장을 풀어주려고 가벼운 질문 하나 던졌을 뿐인데 산들바람에 온몸이 떨리는 사시나무처럼 바들거리며 한마디도 하지 못하던 그 사람. 이름도 모르고 얼굴도 서서히 잊혀가는 그 사람이지만 공포로 가득했던 그 눈빛은 평생 잊을 수 없을 거 같다. 살면서 내가 누군가에게 그런 존재가 될지 몰랐으니까.

내 앞에서 반 공황 상태였던 그 사람에게 머쓱하

게도 면접관을 마치고 회사에 들어오니 우리 부서가 공중 분해되어 있었다. 몇 달간 매달렸던 프로젝트는 휴지 조각이 되고 프로젝트 리더였던 내 자리도 붕 떠 있었다. 며칠 전만 해도 평가표에 점수를 쓰고 있는 면접관이었지만 금세 불안정한 상태가 되어 누군가의 선택을 기다려야 했다. 선택하는 입장과 선택받는 입장은 이렇게 삽시간에 바뀐다. 영원히 지원자에 머무를 것 같지만 생각보다 지원자 시절은 금방 끝난다. 회사에서 평가자가 되지 않더라도 우리는 어디서는 선택하는 위치에 선다. 소개팅을 할 때, 결혼 상대를 고를 때, 대통령 선거를 할 때 등 조금만 주변을 보면 내 손에는 선택권이 주어져 있다. 면접을 준비하면서 면접관들의 마음을 잘 모르겠다면 자신이 그 선택을 할 때 마음을 생각하면 된다. 떨리고, 긴장되고 때론 무섭기도 한 게 면접관의 마음이다.

면접을 잘 보는 법은 하나다. 나 자신이 시간이 쌓아 올린 결과물이라는 점을 빨리 깨닫는 것이다. 호주 빅토리아주의 12사도 바위처럼, 제주 중문단지의 주상절리처럼 오랜 시간 침식과 퇴적이 반복되어 만들어진 것이 나라는 것을 인지해야 한다. 망망대해에 훤히 모습을 드러낸 사도바위처럼 나라는 존재는 세상에 드러나는 순간 감출 수가 없다. 자신이 준비한 것에 대한 믿음이 있다면, 스스로에 대한 믿음이 있다면 불안해하거나 떨 필요가 없다. 대다수는 아니더라도 누군가는 내가 쌓아 올린 무언가를 꼭 알아봐줄 것이니.

"소수의 사람을 오래 속일 수도 있고 많은 사람을 잠깐 속일 수도 있지만, 많은 사람을 오랫동안 속일 수는 없다." 링컨의 말이다. 만약 면접이 1분 동안 이뤄진다면 평가자를 속일 수 있을지 모른다. 하지만 면접은 대체로 긴 시간이 소요된다. 내 경험상 짧게는 12분에서 길게는 한 시간까지 걸리기도 했다. 그 시간 동안 내가 인생 속에서 쌓아온 것들을 차분히 꺼내놓길 바란다. 밀도를 높여 살아온 내 인생을, 촘촘하게 퇴적시켜온 나의 무언가를 편안하게 내보이길.

어느 날 갑자기 찾아온 면접관의 무게를 느끼며 지원자들만큼 고통을 느꼈다. 그럼에도 이제는 조금 노련해지려고 한다. 평가자의 위치든 지원자의 위치든 그것이 중요한 것은 아니다. 나는 내 인생이라는 기업의 면접관이다. 내 선택에 따라 내 인생이 좌지우지된다. 복잡다단한 세상에서 터진 보자기에 콩 쏟아지듯 많은 선택지와 마주한다. 여전히 어떤 것을 골라야 할지 잘 모르겠다. 그럼에도 내 안에 쌓인 취향과 기호를 믿으며 오늘도 손을 뻗는다. 최고의 선택은 아니더라도 최선이길 바라며.

●

다시 사시나무처럼 떨던 그 사람을 생각한다. 한참 동안 악몽을 꾸듯 그 사람 얼굴이 아른거렸다. 미약한 존재인 내가 누군가에게 두려움을 줬다는 죄책감도 있었지만 그 사람의 떨리는 눈빛에 내 청년 시절이 반사되었다. 그 시절 나도 세상이 불안하고 무서웠다. 바깥에 나가기만 하면 길을 잃어버렸다. 어디로 갈 줄 몰라 서성거리고 있을 때 길을 알려주는 사람 하나 없었다. 스스로 길을 찾느라 한참을 돌고 돌아 목적지에 도착했다. 오랜 방황기를 보내며 속이 단단해지고 의연해지기도 했지만 여전히 시린 기억은 가슴 한편에 남아 있다.

애써 담담한 척하고 있지만 사실 난 불안정한 사람이다. 바쁜 일과 속에서도 시간을 쪼개서 글을 쓰는 이유도 불안 때문이다. 요동치는 마음을 써내려가다 보면 시야가 흐려진다. 뿌연 안개가 차창을 덮은 듯 아무

것도 보이지 않다가, 마음속 심연까지 내려가다 보면 갑자기 앞이 선명해진다. 가장 분명한 뭔가가 보일 때 이 책을 썼다. 길을 잃은 사람을 목적지까지 데려다줄 수는 없지만 손을 천천히 뻗어 저기 어디쯤 그곳이 있을 거라고, 당신은 결국 잘 찾아갈 거라고 말해주는 친절한 행인이 되고 싶었다. 그게 이 글을 쓰는 유일한 마음이었다.

떨거나 무서워할 필요 없다. 나는 시간이 쌓아 올린 결과물이니까. 시간을 믿어보자.

마지막으로 하고 싶은 말 있나요

초판 1쇄 인쇄일 2024년 6월 21일
초판 1쇄 발행일 2024년 7월 17일

지은이 시드니

발행인 조윤성

편집 임채혁 **디자인** 정은경 **마케팅** 서승아
발행처 ㈜SIGONGSA **주소** 서울시 성동구 광나루로 172 린하우스 4층(04791)
대표전화 02-3486-6877 **팩스(주문)** 02-585-1755
홈페이지 www.sigongsa.com / www.sigongjunior.com

ISBN 979-11-7125-717-1 03810

*SIGONGSA는 시공간을 넘는 무한한 콘텐츠 세상을 만듭니다.
*SIGONGSA는 더 나은 내일을 함께 만들 여러분의 소중한 의견을 기다립니다.
*잘못 만들어진 책은 구입하신 곳에서 바꾸어 드립니다.

WEPUB 원스톱 출판 투고 플랫폼 '위펍' _wepub.kr
위펍은 다양한 콘텐츠 발굴과 확장의 기회를 높여주는
SIGONGSA의 출판IP 투고·매칭 플랫폼입니다.